Michèle Cohen

La rédactrice

les éditions du Panseur

Page 215 : poème de Christopher Middleton, *Michèle's Rooms*, ©Carcanet Press, 1992, traduit par Françoise de Laroque.
Broderies réalisées par ©Michèle Cohen; textes de ©Jean-François Goyet.

Ouvrage publié avec le soutien de
la Région Auvergne-Rhône-Alpes

#13

Dépot légal : Mars 2023
ISBN : 978-2-490834-13-6

www.lepanseur.com

À Claude Royet-Journoud

1.
NE PAS SAVOIR

Comment j'écrivais. Comment Dominique Bassano écrivait. Comment ma grand-mère paternelle écrivait. Comment Gustave Flaubert écrivait. Combien ce qui est écrit est important. Comment Lydia Davis écrit. Comment j'essaie de l'imiter. Comment il faut commencer par s'asseoir. Comment Shirley Goldfarb écrivait assise au café. Comment même Catherine Deneuve veut écrire. Comment on écrit en additionnant des signes. Comment Spinoza écrivait. Comment parfois un mot brille. Comment il est nécessaire d'avoir des papiers. Comment j'ai écrit des lettres de refus. Comment j'ai écrit pour Raymond Barre. Comment écrire peut vous exposer à des sanctions judiciaires. Comment j'ai écrit des lettres d'amour pour ma cousine. Comment je n'arrive pas à la cheville de Lydia Davis. Comment écrire une lettre de réclamation demande une certaine aisance. Comment il faut beaucoup corriger. Comment ce n'est pas parce qu'il faut s'asseoir qu'il ne faut pas aussi marcher.

Madame Genette

Peut-être avait-elle écrit non pas « *votre* », mais « *le* » pour rendre la phrase plus impersonnelle, un peu moins agressive. « *Le style est d'une platitude gênante* ». Peut-être même avait-elle écrit « *le style est d'une platitude tout de même gênante* » comme pour dire qu'on aurait pu hésiter à la qualifier ainsi, qu'elle était juste gênante, tout de même, cette platitude. L'était-elle, gênante, d'ailleurs, ou un peu, voire un tout petit peu gênante ? « *Le style est d'une platitude tout de même un peu gênante ?* » Non, pas « *un peu* », je suis sûre du « *gênante* » qui claquait. « *Votre style est d'une platitude gênante* », point. C'était là, bien lisible, écrit en rouge, sur la première page de ma première dissertation en classe d'hypokhâgne, au Lycée Jean-Baptiste Corot de Savigny-sur-Orge. Et ce n'était pas écrit par n'importe qui, par Mme Genette – très bon professeur de lettres, proche de Roland Barthes, et épouse de Gérard Genette, grand théoricien de la littérature.

En terminale, au lycée Marie Curie de Sceaux, Dominique Bassano – je me souviens de son nom – faisait de longues rédactions lyriques, à coup de « *Familles, je vous hais* » et « *Nathanaël, je t'enseignerai la ferveur* » qui me laissaient éblouie.

Comment aurais-je pu écrire « Familles, je vous hais » quand j'étais tout entière reliée à mes tantes, oncles, cousins, cousines, grand-tantes, belles-sœurs de ma cousine, oncle de ma grand-mère, sans racines dans aucune terre, juste ces liens entre nous qui nous tenaient en l'air et en vie quel que soit le pays – fille de, sœur de, petite fille de, femme de, belle-sœur de, nièce de, membre d'une tribu de nomades, de sémites façon Ibn Khaldoun, si loin d'André Gide ?

« Tu sais, cette femme, ta grand-mère et sa grand-mère étaient cousines », me disait Denise dont la mère était l'ainée des douze sœurs de mon père.

Ma fille, que je meure à ta place

À mes chers enfants Albert et Odette. Ma fille, heureusement pour ta délivrance. Ma fille, quand j'ai entendu que tu as eu un petit garçon, je me suis mise à pleurer, à faire des youyous, j'étais comme une folle. Grâce à Dieu et Dieu merci ! Félicite beaucoup Albert. Dis-moi au moins que tu n'as pas souffert. Ma fille, que je meure à ta place ! Ma fille, si tu avais vu comment j'ai appris la nouvelle de la naissance de ton petit garçon ! André, le fils de Georgette, était chez moi, et j'étais à la cuisine en train de faire griller un poisson, et Rachel ta sœur était à la fenêtre ; Moïse, quand ils lui ont téléphoné d'Alger, a envoyé Moumou le Rat. De loin, Rachel l'a vu, et tout d'un coup je l'entends crier : « Maman ! Maman ! » Et elle pleurait, et elle faisait des youyous, la pauvre chérie, comme elle est contente pour ses frères et sœurs, espérons pour elle. Ma fille, ce n'est qu'aujourd'hui que j'ai su qu'Albert n'était pas avec toi quand tu as accouché. Si je l'avais su avant, je me serais fait beaucoup de mauvais sang. Ma fille, j'espère entendre toujours de bonnes nouvelles et me réjouir. Et je souhaite que tu te rétablisses vite et que tu élèves cet enfant de ton mieux. Je t'embrasse très fort, ainsi qu'Albert et mon petit-fils. Espérons tout le bien pour eux.

Rose Cohen.

Iabeneti menaïche alik

Ele iedi ou ladi Albert Odette iabeneti chibah laile hala helaseq iabeneti ouaqte eli echimahti eli eneti jibete ouliede eqhati nebqi ou enesahrete ou elite qeni maboula neseqrou ou nahemedou ou hani Albert iaser, ouqeli iraemeq qebara maou mati hadebtche iabeneti houa teq eleqele ihabouni nem chileq ama mahanediche lésébasé iabeneti mache énemoute ira emeq qebara habe nefrah biq ou besehireq iabeneti louqane raite qifache echemahti eli eneti jebte oubede Hendrè ou eledi jorjete qane hanedi herecheti lele qechina qaneche ouilou fihouita ou bahla heteq qaneti hadara ia qah da hada chebaiq ou neleqa ouahda ete haiete iama iama ou ebqati ete jahrete mani hichi haléa achi tifrah lehouata eqmara haneda moise qife hameloulou tilifoune ebahate moumou fiar bach iqeli bahde nefse chaha ja taligrafe iana qeneti enar del hechebaiqouana nechete iabeneti machemahte eli Albert maqaneche hadaq qane ebioume menih eli machemahteche louqane echemahti qenete enemo hala qele hale neseqrou eli rajeleq oula bahdaq iabnait irani derma neche mah haliq ounefrah ou iqaimeq farhana ou eterabi halaqade iedaiq iabeneti eleioume ehbate naleq qechouete etou ouqeli ouese loueqchi ele houareje qa neti hajebou eli majalou maoueslouqe ou echlam haliq ou echlam hala Albert ou echelam hala ou lidi ejehaiar enechalaene choufou finar emenih ou chlam.

Rose Cohen.

Ma fille, avez-vous envoyé un télégramme à ton frère Joseph ? Et dis-moi si vous avez reçu la robe de circoncision de Georgette. Ma fille, félicite beaucoup Albert. Je serai encore plus heureuse quand il sera démobilisé. Alors je serai comblée. Je vous embrasse.

(Lettre de ma grand-mère paternelle à sa fille Odette partie vivre en Algérie. Elle écrivait en judéo-arabe, mais en utilisant l'alphabet latin. Traduction de ma cousine Denise)

Ia beneti hamelitouchi taligrafe elechouchou ou houqe ouqeli ou salchi esenidouq enetah elehouareje ou eseleteqchi qechouete etour enetah jorjete iabeneti hani Albert iaser isase ou enichala eneha niqem hani Albert ihamele demobilise halini nefrah beleqamele ifarahni biqeme eliqele ou chlam.

Il s'agissait – deuxième partie chapitre 3 – du moment où, revenant d'une visite chez la nourrice qui s'occupe de son enfant, Mme Bovary retourne à Yonville avec Léon. Madame Genette nous en avait fourni les brouillons, ainsi que le texte définitif.

Pour la visite d'abord, Flaubert donne à voir en quelques lignes la misère de l'endroit, l'indifférence de Mme Bovary à l'égard de sa fille, le regard que Léon porte sur elle, l'empressement de la nourrice, son avidité à obtenir du savon, du café, de l'eau-de-vie, et tout ce qu'elle pourrait gratter d'autre, et puis ce bébé dont tout le monde se désintéresse sauf au moment où il vomit sur la collerette de la belle robe de sa mère qui le repose aussitôt. Tout cela très rapide et féroce.

Le retour d'Emma et de Léon suit immédiatement ces pages, et il est, par contraste, tout en délicatesse et en tendresse. C'est un passage ravissant qui raconte la naissance d'une langueur amoureuse, au cours d'une promenade où, comme on le dit dans les dissertations, paysage et sentiments se répondent.

Pourquoi Mme Genette a-t-elle choisi de nous faire travailler sur cet extrait-là, plutôt que sur un autre plus connu ? C'est, entre deux épisodes plus importants, un creux, un moment de presque rien. Cela commence par : « *Ils s'en revinrent à Yonville en suivant le bord de l'eau.* » Description de la berge, des jardins, de la rivière. « *Quelquefois, à la pointe des joncs ou sur la feuille des nénuphars, des insectes à pattes fines marchaient ou se posaient* », avait écrit Flaubert dans une première version. Puis, il avait barré « *des insectes* » et avait écrit « *un insecte à pattes fines marchait ou se posait* ». Et l'on se dit que bien sûr, oui, il a eu raison de passer du pluriel au singulier. Maintenant on le voit, cet insecte à pattes fines, marcher et se poser, alors qu'au pluriel, on ne les voyait pas.

« *C'était l'heure du dîner dans les fermes ; et la jeune femme et son compagnon n'entendaient, en marchant, que la cadence de leurs pas, sur la terre du sentier, les paroles qu'ils se disaient et le frôlement de la robe d'Emma qui bruissait tout autour d'elle.* » Pour «*en marchant*» et «*sur la terre du sentier*», on sent Flaubert hésiter, les couper, puis les garder, puis les couper, puis finalement les garder, sans doute pour le rythme. Surtout, dans une version antérieure, il avait écrit « *la robe d'Emma qui bruissait entre ses jambes* ». Et l'on comprend combien « *la robe d'Emma qui bruissait tout autour d'elle* » est plus élégant, plus aérien, plus beau.

Jusqu'à cette image ravissante d'Emma cherchant son chemin en marchant sur de grosses pierres vertes, espacées dans la boue, qu'il a corrigée ainsi :

« ~~*Et Emma quitta les bras de Mr Léon qui s'en fut seul de l'autre côté de la route/ côté du chemin / elle s'arrêtait souvent /*~~ *Souvent, elle s'arrêtait une minute, à regarder* ~~*autour d'elle*~~ *où poser sa bottine, et chancelant* ~~*un peu*~~ *sur le caillou qui tremblait, les coudes en l'air, la taille penchée, et l'œil ~~en avant~~ indécis elle riait ~~alors~~, de peur de tomber dans les flaques d'eau. Quand ils furent arrivés devant ~~sa maison~~ son jardin, Mme Bovary~~, encore une fois remercia Mr Léon alors~~ poussa la petite barrière, monta les marches en courant et disparut.* »

Autant d'approches, d'hésitations, de scrupules, d'abandons, pour préciser, alléger, dégraisser, donner de l'élan, de la grâce, et faire advenir cette image délicieuse d'une Bovary légère comme une libellule.

J'ai découvert *Madame Bovary* et Flaubert avec émerveillement le jour où Mme Genette nous a donné à faire ce devoir sur table. Mais je ne suis pas sûre d'avoir terminé le livre alors. Aujourd'hui, pour retrouver ce souvenir, j'en ai lu tout le début jusqu'à ce passage, qui arrive assez tôt dans le récit. Je l'ai tellement aimé de nouveau, que je me suis arrêtée là, comme si le livre m'avait suffisamment nourrie.

Enfance

C'est une photo prise au grand-angle. On y voit une vaste place, dans une ville de province sans doute, disons de Normandie, Caen peut-être. Immeubles en pierre de taille, toits d'ardoises, colonnes et arcades, pavés gris. Au premier plan deux personnes sont assises l'une à côté de l'autre, attablées à la terrasse d'un restaurant : une toute petite fille et sûrement son père – borsalino, écharpe blanche, chemise bleu indigo, élégant. Il est tourné vers elle. Il est sérieux. Devant eux, posé sur la table, le menu ouvert. L'un et l'autre le regardent avec attention. Elle est trop petite pour savoir lire, mais visiblement elle sait que quelque chose est écrit là, qui a un sens que son père est en train de déchiffrer pour elle. Elle connaît l'importance de ces signes sur le papier. Elle les considère avec gravité et concentration pendant qu'il lit. Elle sait que cela aura des conséquences : peut-être des frites, voire une boule de glace au chocolat.

Éloge du terne

C'est écrit le plus plat possible.

Les événements sont si minimes qu'ils n'en sont presque pas.

Son mari a avalé une arête. Il y a des cafards dans sa maison. Elle a acheté – trop cher – une boite de bonbons à la menthe qui lui collent aux dents (et d'ailleurs elle remarque qu'il n'y a pas, dans la boite, le nombre de bonbons indiqué sur le couvercle).

On est avec quelqu'un d'indécis, de scrupuleux, de tatillon, d'un peu minable. On assiste aux vicissitudes, aux étonnements, aux questionnements intérieurs de cette personne timide et gauche, qui peut être gênée par la couture de sa chaussette sur son orteil droit dans sa chaussure, qui écrit au directeur marketing de ses petits pois surgelés préférés parce qu'elle trouve que la publicité en est mal faite. Qui hésite interminablement à vendre ou ne pas vendre son tapis à quelqu'un d'aussi indécis qu'elle. Terne, modeste.

Elle ne donne jamais à penser qu'elle domine son sujet. Elle se présente volontairement en dessous. Elle essaye de bien se tenir dans le train, de ne pas faire de bruit, de manger sans que ça sente mauvais. Elle réunit les poils, restés dans la maison, de son chien mort, dans le fol espoir de le ressusciter.

N'allez pas croire que c'est une pauvre ménagère. C'est une grande formaliste. Fine lectrice de Beckett, traductrice de Blanchot et de Proust. Quand on l'interroge sur son travail, elle parle en styliste, de la longueur des phrases, du rythme, de la quantité d'adjectifs, de son effort à couper, raccourcir, aiguiser. Une virtuose. On comprend alors que ce qui compte ce n'est pas qu'elle a trouvé dans la poussière sous son lit une chaussette appartenant au jeune amant qui l'a quittée, mais qu'elle écrit qu'elle a trouvé cette chaussette. Et comment elle l'écrit. Avec une précision scrupuleuse, grande patience, et détachement. Une accumulation de détails tranquillement énoncés, qui finissent par créer cruauté, désespoir, drôlerie.

Elle raconte avec la même objectivité le bruit que fait sa voisine en se branlant avec un hautbois (et le hautbois couine) ou sa propre réaction quand elle reçoit une lettre de l'ancien amoureux dont elle est séparée depuis un an (en ouvrant l'enveloppe, elle espère qu'elle contient un chèque, car il lui doit 300 dollars. Sa déception parce que c'est un poème). Le contraire du lyrisme, du pathos.

C'est factuel. Aucune esbroufe, pas de mensonge, pas de brio. Pas de triomphalisme. Pas d'envolée. Pas de morale. Pas d'effet. Pas de chute finale.

Au milieu de nouvelles très courtes, elle en place une très longue, dans laquelle elle décrit les vaches qu'elle observe de loin, dans le pré en face de sa maison. Comment elles entrent lentement en file indienne dans le champ – « entrée de champs » littérale, autant que cinématographique. Comment elles sont disposées les unes par rapport aux autres, celle-ci la tête tournée dans telle direction, l'autre perpendiculaire à la première, la lenteur des mouvements qui va produire une autre disposition qu'elle décrit avec la même précision. Tout cela graphique, moderne, très neutre, finissant par donner une idée poignante de la vie, du passage du temps, du vide, comme une pensée du bouddhisme zen. Au bout de longs mois d'immobilité, et au bout de beaucoup de pages, apparaît au loin dans le pré une forme plus petite. Juste une ligne : un veau vient de naître. Et les descriptions des dispositions reprennent avec cette petite ligne en plus.

J'ai commandé tous les livres de Lydia Davis à la librairie. Ils arrivent un par un. Et j'ai à peine feuilleté le premier que cela me revient. Je sais pourquoi je l'admire, pourquoi elle me remplit de joie et de rire, pourquoi elle me donne, parfois, envie de pleurer. Pourquoi elle me donne envie d'écrire. En même temps, je me dis qu'une personne qui s'applique à se présenter de façon aussi navrante trouverait peut-être mon enthousiasme déplacé.

Exercice d'imitation 1

Cher adjoint aux sports de la Mairie de Paris,

Je suis un usager de la piscine Janine Wolgamoth, dans le 10e arrondissement.

Voilà maintenant plus d'un an que cette piscine est fermée presque tous les dimanches pour cause de grève de ses agents.

Faut-il vous dire l'importance de la piscine du dimanche pour nous autres, gens du quartier ? Dans la semaine, l'occupation de la piscine par les écoles ne laisse aux adultes que des horaires très limités et peu commodes. Et puis, en dehors du dimanche, la plupart d'entre nous travaillons.

Donc presque tous les dimanches, la piscine est fermée (le « presque » est évidemment source de beaucoup de confusions et déconvenues)

J'ai demandé l'autre jour à l'un des agents, qui était là pour interdire l'entrée, pour quelle revendication exactement il faisait grève. La réponse a été : c'est pour notre prime de dimanche. À combien s'élève votre prime, ai-je demandé ? À 43 euros, m'a-t-il dit, c'est un scandale. Et vous réclamez combien ? 187 euros, m'a-t-il répondu fermement avec un air décidé à lutter jusqu'au bout.

Devant l'écart entre les deux chiffres, une vague de pessimisme m'a envahie, et je suis partie tristement avec mon maillot, mon bonnet, mon shampoing et mes palmes.

Cette tristesse se renouvelant (presque) tous les dimanches, vous comprendrez sans doute, cher adjoint aux sports de la mairie de Paris, que je suis impatiente de connaître le résultat de vos négociations avec les employés de la piscine.

Cordialement à vous.

S'asseoir

Je dois me prendre par surprise, me piéger moi-même. Je m'approche de la table, je tourne autour, essaye de l'éviter. J'ai bien une vague envie. Je résiste. J'y vais de côté. En crabe. Je m'assois sur une fesse, pas vraiment en face de l'ordinateur. Il est un peu plus loin sur la table. Je tends le bras vers lui. Je me lève. Je fais autre chose. Je reviens. Il faut un bon moment avant que je me retrouve assise bien carrée sur les deux fesses, de face, les mains sur le clavier, piégée.

Il n'est pas nécessaire d'être dans un bel endroit ni devant un beau paysage. Ce qui compte surtout c'est l'intimité, la présence à soi-même, cela pourrait avoir lieu aussi bien dans une prison.

Il n'est pas nécessaire de savoir ce que l'on va écrire.

La question principale est celle de la position du corps, du dos, des jambes, des ischions, des mains, des poignets, de la nuque, des pieds posés à plat sur le sol ou croisés, de la chaise, de la hauteur de la table (comme dans l'amour la hauteur du lit peut avoir son importance et faire l'objet de débats) de la situation dans la pièce, du bruit, des odeurs.

Mademoiselle, êtes-vous écrivain ?

29 juillet 1971, presque août.

Bonjour Montparnasse, je suis assise au café Le Select, il est midi passé, le soleil caresse mes jambes (…) Le garçon m'apporte un café et un merveilleux verre d'eau glacée. Il dit « c'est bon. » Je lui demande quoi – il dit : « le soleil. »

22 mars 1972

Le bel art de ne rien faire, à part observer les gens (…)

9 août 1974

Quelqu'un au café m'a demandé « mademoiselle, êtes-vous écrivain ? » Les gens me demandent cela assez souvent, parce que j'écris dans un cahier et je dis : « non ! je ne suis pas écrivain, mais j'écris. »

12 mai 1976

Je laisse simplement la vie aller son tic-tac.

23 juillet 1972

Les garçons de café vêtus de blanc vont et viennent comme un ballet monotone et sans musique.

26 novembre 1972

Juste le besoin d'être moi-même
d'écrire des mots sur une page

avec un stylo à encre noire

26 octobre 1975
J'aime que Roland Barthes s'asseye dans le même café que moi, et me sourie à l'occasion.

29 septembre 1977
Le soleil chauffe mes cuisses, mes seins, mon con – quel effet sexy ça me fait.

4 mars 1978
Question : et qu'avez-vous fait pendant ces vingt dernières années, Miss Goldfarb ?
Réponse : regarder le monde…

Shirley Goldfarb[1]
Carnets. Montparnasse 1971-1980

Jeanne est mon amie depuis que nous avons 12 ans. Nous aimons nous parler à mi-voix, nous faire des aveux, des confidences : l'envie, la jalousie, je les reconnais tout de suite, me dit-elle un jour. Ah bon ? Mais oui, tu sais, j'ai une grande expérience de l'envie. Nous étions six frères et sœurs, et comme dans une portée de chatons, chacun était jaloux de l'amour que ma mère portait aux autres. Chacun de nous enviait ses frères et sœurs. Chacun voulait être préféré.

Un moment plus tard, je dis à Jeanne que j'écris tous les jours. Chaque jour une page, j'en suis à 30. Elle me félicite. Formidable !

Alors elle se met à parler des femmes très chics qu'elle rencontre à son cours de gymnastique (Catherine Deneuve est parmi elles). Elles se sont toutes mises à suivre des cours de *creative writing*, me dit-elle. C'est la mode. Aujourd'hui, tout le monde se prend pour un écrivain. Je me défends faiblement en disant que moi, je n'assiste à aucun cours de *creative writing*. Oui bien sûr, répond-elle. Ce n'est pas ton cas. Et puis tu n'essayes pas d'être géniale ni de faire un chef-d'œuvre. Aujourd'hui, on peut écrire un livre sympa sans être un grand écrivain.

Jeanne et moi, on est comme des sœurs.

Écrire sur l'exil

Il m'est arrivé de publier un texte dans une revue consacrée à l'autobiographie. Le monsieur qui me l'a commandé m'a indiqué le thème du numéro – l'exil – et un nombre de signes maximum : 6 000.

Le texte que j'ai envoyé en faisait 8 250. Bien pesé, ai-je haussé les épaules, ça ne devait pas être très grave. Il est clair que j'étais une débutante, car 8 250 signes quand il n'en fallait pas plus de 6 000 (espaces comprises), ce n'était pas admissible m'a dit le monsieur de la revue. Certes, il y avait une tolérance, on pouvait monter jusqu'à 7 000, 7 200 au pire, mais 8 250, cela risquait vraiment de coincer. J'ai calculé, précisa-t-il, qu'en enlevant la citation de Victor Hugo on tournait autour de 7 500.

La citation de Victor Hugo, c'était, dans ce récit d'exil, l'évocation de ma grand-mère maternelle attaquant d'une voix de petite fille : « *La Patrie* », récitation qu'elle avait apprise à l'école française de Tunis, en même temps que nos ancêtres les Gaulois, le vase de Soisson, la géographie des Alpes et des Pyrénées – dans un paysage aride de palmiers et de chameaux.

Comme je ne voulais pas entrer en conflit avec le monsieur, qui était déjà très aimable de m'inviter – c'était la première fois que je publiais dans une revue et puis c'est vrai, ce paragraphe ne faisait pas avancer le récit – j'ai répondu immédiatement que oui, bien sûr, d'accord, et j'ai envoyé une nouvelle version de mon texte sans le paragraphe en question, comme une grande personne qui n'allait pas faire d'enfantillages pour si peu. En vérité, ce passage m'était cher et cela m'a un peu embêtée d'avoir à le couper pour la publication. Il m'a également demandé d'enlever quelques tirets – il est vrai que je fais un usage immodéré du tiret – et sur ce point il avait tout à fait raison. Pour le titre aussi, « L'exil à neuf ans », il me l'a fait changer, car le numéro entier de la revue portant sur l'exil, chaque auteur avait titré son texte l'exil ceci, l'exil cela, et il valait mieux s'en démarquer. J'ai donc appelé le mien « Ma mère ce héros » en me disant que, là encore, le monsieur avait raison : le nouveau titre était mieux.

Cette première publication aura été une expérience instructive[2]. Mais j'ai eu envie de remettre ici mon récit sans coupure, avec de nouveau un autre titre, pour le faire entrer dans la logique de ce livre-ci. L'avantage de cette nouvelle publication étant que je ne suis obligée de partager la place avec aucun autre auteur, aux 7 626 caractères acceptés alors avec indulgence, j'en ai ajouté 846 pour remettre les passages qui avaient été coupés ainsi que des petites choses à droite à gauche, plus un dernier ajout de 224 caractères, et les 253 du paragraphe sur la tortue Aglaé dont j'ai eu l'idée seulement après la publication en revue, plus les 2 987 de cette introduction explicative, ce qui fait maintenant un total de 11 936 signes espaces comprises. Vous voyez, ça va vite.

Mon texte s'appelle donc désormais : « Ma première publication en revue ».

Maryvonne.

J'ai vécu l'exil à la hauteur de mes 9 ans. Avec intérêt, curiosité, peur, désir de ressembler aux autres, de jouer comme eux, de dire les mêmes gros mots qu'eux, d'être blonde aux yeux bleus comme eux, de courir comme eux, de m'appeler comme eux (très enviable Maryvonne dont le jardin était plein de boutons d'or. Là d'où je venais ne poussait aucun bouton d'or, et aucune blonde Maryvonne n'en faisait des bouquets).

Chut grand-mère !

Entendre ma grand-mère parler l'arabe en dehors de la maison me faisait honte. Nous lui disions « chut grand-mère ! » en espérant que personne n'avait entendu. En parlant l'arabe – langue qui venait du fond de la gorge, comme un vomissement, sonorité obscène, et d'autant plus que le judéo-arabe est plus gras, plus chuintant que l'autre (« esma » en arabe, « echma » en judéo-arabe, pour dire « écoute ») – elle nous désignait à la fois comme Arabes aux yeux des Français et comme Juifs aux yeux des Arabes. Moi, je voulais me camoufler, me fondre, parler pointu, manger du camembert, cueillir des boutons-d'or.

À chaque fois qu'un événement survenait, elle demandait : « C'est bon pour nous les Juifs ? ». « Chut grand-mère ! »

Le Bréguet deux Ponts.

C'est peu dire que ma grand-mère avait quitté la Tunisie en traînant la patte (d'ailleurs elle boitait), en pleurant, en étant terrifiée. Quant à ma mère, elle était d'une force indestructible. Elle avait 28 ans et en paraissait 20. Avait déjà accompli des exploits pour s'extirper de ce pays – comme acheter des billets d'avion par exemple (avec quel argent ?), obtenir des passeports en inventant une date de naissance pour sa mère qui n'avait pas d'état civil (ce faisant, elle lui avait donné un âge, un caractère et un destin, car à partir du moment où elle a possédé cette date de naissance, ma grand-mère a consulté scrupuleusement son horoscope). Puis ma mère avait embarqué sa mère, ses deux filles, la tortue Aglaé, et le service de table de son mariage, dans un Bréguet 2 ponts pour la France. « Un Bréguet 2 ponts ! » avait hurlé ma grand-mère qui se voyait assise sur l'un ou l'autre pont de l'avion, en grand danger de tomber ou, à tout le moins, de perdre son chapeau, agrippée qu'elle était à n'importe quel prétexte pour ne pas partir. Nous, nous assistions à ces bagarres. C'était une famille de femmes. Mon père était mort depuis plusieurs années déjà.

Un mot sur la tortue

La tortue Aglaé a fait tout le voyage pour la France dans une grosse boite d'allumettes posée sur les genoux de ma petite sœur : elle au moins, elle emportait sa maison sur son dos – contrairement à ma grand-mère qui voyait tout s'envoler derrière elle.

Je casse un verre

À Nice, ma mère a commencé des études d'assistante sociale. C'est pour cela qu'elle voulait venir en France. Elle avait obtenu une bourse. Nous vivions dans une chambre de bonne, et dormions toutes les trois dans le même lit. Elle allait à ses cours à pied, faute de pouvoir payer des tickets d'autobus ; elle avait des trous à ses souliers. Les repas, nous les prenions – contre de l'argent – chez mon oncle Max et ma tante Camille qui avaient eux-mêmes quatre enfants et hébergeaient aussi ma grand-mère maternelle, laquelle faisait la cuisine pour tout le monde. Solidarité familiale, ça s'appelle. Atmosphère de bruit et de fureur. L'oncle Max est colérique, la maison est petite, on m'oblige à manger des choses inconnues que je n'aime pas. De toutes les façons, l'huile d'arachide qui remplace l'huile d'olive me rend tout immangeable. Mon oncle Max exige qu'on « racle » son assiette. Il crie, parfois sa colère est irrépressible, il fait voler, en tirant la nappe d'un coup sec, tout ce qu'il y a sur la table. Et puis il y a de la rivalité entre les enfants. Je viens de loin, je ne sais pas me battre, je ne connais ni le mot de trois lettres ni celui de cinq. À la fin d'un repas houleux, je casse un verre. Je casse un verre! Tout s'arrête. Je suis terrifiée. Je hurle. Ma mère se lève, prend son sac et son manteau, nous donne la main, chacune d'un côté, et nous dit : « On s'en va d'ici ».

Nous avons marché longtemps dans les rues de Nice, sans savoir où aller. Nous sommes passées devant une église. Elle a dit : « Attendez-moi ». Elle est entrée dans l'église. Nous l'avons attendue en jouant sur le parvis. Après un très long temps, elle en est ressortie. Les religieuses nous offraient une petite maison avec un jardin, et pour ma sœur et moi des repas gratuits tous les jours à la cantine de l'école qui jouxtait l'église.

De ce moment j'ai gardé un respect et un amour inconditionnel pour les bonnes sœurs.

La honte

À 9 ans, si souffrance il y a, elle ne sait pas se dire, n'a pas de nom. Ou alors un nom très compliqué comme encoprésie par exemple : au tout début de mon arrivée à Nice, tous les après-midis en rentrant de l'école, immanquablement et désespérément, j'ai fait caca dans ma culotte. J'essayais pourtant de me retenir, j'espérais de toutes mes forces que ça n'arriverait pas, je n'étais plus un bébé, et même j'étais une bonne élève, mais rien à faire, ça me tombait dessus, ça sortait de moi. C'était une honte immense. Un effroi. Un désespoir. Je me précipitais chez ma grand-mère – la seule, qui d'autre ? En cachette elle me lavait, lavait ma culotte, et m'en donnait une propre. Puis elle me préparait un bon goûter et nous parlions d'autre chose. D'ailleurs nous n'avons plus jamais parlé de cela de toutes nos vies.

Le poème patriotique

« La patrie

Le petit France me dit, l'œil plein de rêveries,
comme je le faisais sauter sur mes genoux :
Père explique-moi donc ce qu'est cette patrie
dont on entend parler à chaque instant chez nous.
Oh ! La patrie enfant c'est d'abord à ton âge
peu de choses vraiment.

C'est moi, c'est ta mère, tes sœurs, ton aïeul,
le village, la maison où tu reçus le jour
C'est le droit de courir, de faire du tapage
de rentrer de sortir et de dire chez nous !
Victor Hugo »

Grand-mère récitait d'une voix pointue, en mettant le ton. Elle faisait traîner longuement le : « Ooooh ! La patrie enfant… », elle bredouillait un peu au moment de dire « c'est moi, c'est ta mère, tes sœurs, ton aïeul », elle disait « essplique-moi donc », oubliait des mots, lançait le titre comme une promesse, et faisait glorieusement claquer le « chez nous » à la fin.

Les débuts à Paris

Habiter un appartement minuscule, rêver le dimanche d'une tablette de chocolat que ma mère ne pouvait pas nous offrir, porter toute une année d'école la même jupe plissée marron mille fois réparée et soigneusement lavée et repassée, et des vêtements tournés à l'envers, retournés, reprisés par elle pour servir encore. Commander une limonade dans un café faisait partie des choses inaccessibles, et aller au cinéma était une fête immense que l'on pouvait s'offrir parfois. Sur les papiers de l'école, à « profession du père », ma mère écrivait DCD, sigle qui me semblait très mystérieux. Au début de chaque mois, quand elle avait reçu sa paye, elle faisait des enveloppes dans lesquelles elle mettait ici l'argent pour le métro, là l'argent pour le charbon de bois, dans celle-là l'argent pour la nourriture (et ma grand-mère était priée de n'aller au marché qu'à la fin, quand les vendeurs liquidaient leurs marchandises à bas prix. Alors elle se laissait même aller à marchander en arabe avec certains).

Pour autant ce n'était pas un malheur d'être pauvre. La pauvreté nous était superficielle. Elle ne nous définissait pas. Nous étions riches d'espoirs, riches de malheurs, riches d'être ensemble.

La pelouse

Si vous voulez vraiment que nous ayons une meilleure maison, visualisez-la, nous a dit ma mère dont l'optimisme naturel était enrichi à l'époque d'un enseignement de sagesse yogi. Imaginez-la, dessinez-la, inventez-la, et elle nous arrivera. Et nous voilà, ma sœur et moi, 8 et 10 ans, dessinant avec foi des palais de princesses, avec de grandes fenêtres donnant sur d'immenses pelouses. Un jour, après mille demandes et démarches administratives pesantes, nous avons enfin obtenu une HLM à Bagneux. Peu de gens sans doute ont été aussi fiers et heureux d'obtenir une HLM. Petite déception toutefois : l'appartement n'était pas au troisième étage comme promis, il était au rez-de-chaussée. Mais voilà, puisque nous étions au rez-de-chaussée, les portes-fenêtres du salon donnaient sur une pelouse – certes une pelouse un peu pelée, celle du parking, mais enfin c'est bien ce que nous avions souhaité, visualisé et dessiné : des grandes fenêtres donnant sur une pelouse !

Import-export

De cette expérience, j'ai gardé pour toujours une grande confiance dans la force du désir – peut-être est-ce l'une des raisons pour lesquelles j'aime tellement la philosophie de Spinoza, autre séfarade, dont le père faisait de l'import-export de raisins secs. Mon père aussi a fait de l'import-export, mais d'éponges, d'huile d'olive et de dattes. C'est lui qui avait rêvé de partir pour la France, pays de Jaurès et de Victor Hugo. Mais il est mort, et nous sommes parties sans lui.

Rijnsburg[3]

Il est assis sur une chaise de bois sombre, devant une table du même bois, sculpté. Il écrit à la plume : *Je connais seulement par ouï-dire le jour de ma naissance*. Il lève la tête, et par la fenêtre, voit le champ de tulipes jaunes onduler sous le vent. Il trempe la plume dans l'encre et reprend.

Le mot « juif »

Nous sommes étudiantes. Ma sœur et moi travaillons à la Bibliothèque Nationale pour Monsieur Blumenkranz qui prépare une « Histoire des juifs en France ». Le travail consiste à feuilleter les journaux parus entre telle et telle date, et à y repérer toutes les occurrences du mot « juif ». Chaque fois que l'on tombe sur l'une d'entre elles, il faut faire une fiche – quel journal, quelle page, quelle date, quelle citation. Au début, nous lisons *in extenso* les articles de peur de laisser passer le mot. Nous nous perdons parfois dans la lecture de tel passage qui arrive à nous captiver, d'autres fois nous somnolons, le nez dans le journal grand ouvert. Peu à peu, nous nous habituons à aller plus vite, à parcourir la page de haut en bas d'un seul regard, à lire en diagonale et aussi à repérer le mot plus facilement. Notre rendement s'accroît nettement. C'est devenu une sorte de réflexe.

À tel point d'ailleurs que sortant de la Bibliothèque Nationale, s'il nous arrive de lire pour nous-mêmes un journal, un livre, un magazine, ou quoi que ce soit qui se lise, et si par hasard le mot « juif » y est contenu, peu importe sa place dans la page, il nous saute immédiatement aux yeux, comme s'il clignotait ou était éclairé au néon.

Préfecture de Police. Direction de la Police Générale. Sous-Direction de l'Administration des Étrangers. Bureau de l'éloignement. Demandeur d'asile. Procédure de détermination de l'État membre responsable. Règlement UE n° 604/2013 du Conseil du 26 juin 2013. Convocation pour exécution de la mesure dont vous faites l'objet (Arrêté de transfert)

Nom : Abdelraziz Ibrahim. Prénom : Hassan. Date de naissance : 01/01/1993 à Nuba – Soudan. Situation de famille : Célibataire. Adresse FTDA Dom n° 154090. 04 rue Doudeauville – 75018 Paris. Fait à Paris le 23 février 2018. Signature et cachet de l'autorité. Le présent document ne vaut pas autorisation provisoire de séjour.

Le porteur de ce document doit se présenter (avec sa famille au complet, adultes concernés et enfants) à : Préfecture de Police. Place Louis Lépine 75004 Paris. Métro Cité 8e bureau. Escalier F niveau 4. Pièce 4522. À la date du 13/06/18 à 13h00. Si vous vous soustrayez aux obligations de transfert vers le pays, vous serez déclaré en fuite. Tampon. Signature. Photo.

Mail de M. à Marie-France G. Jeudi 31 mai 2018. Objet : Je vous présente Hassan !

Chère Marie-France, Il s'agit de Hassan Abdelraziz Ibrahim. C'est un jeune homme Soudanais. Comme beaucoup, il s'est enfui du Soudan où il était menacé, est passé par la Libye – torturé, chantage à sa famille – est arrivé par bateau à Lampedusa.

C'est un Dubliné[4], dont le Dublin prendra fin le 27 juin. À cette date, il pourra enfin refaire sa demande d'asile en France. Mais la préfecture le convoque 2 semaines avant la fin de son Dublin, soit le 12 juin pour une très probable expulsion en Italie. La stratégie de l'avocat est d'éviter la convocation du 12, en espérant que la préfecture n'ait pas le temps de le reconvoquer avant le 27. Idéalement, il faudrait un certificat médical disant qu'Hassan est malade, préciser sa maladie, dire qu'il ne peut pas se déplacer, et qu'il ne pourra se rendre à sa convocation du 12.

Mail de Marie-France G. à M. Lundi 4 juin 2018. Objet : Hassan.

Michèle, Je viens de recevoir la réponse de mon amie concernant Hassan. Malheureusement le médecin contacté n'a pas accepté. Je comprends parfaitement que la demande de l'avocat soit vécue comme irréaliste, car faire un faux avec autant de précisions met en danger professionnellement le médecin.

Mail de M. à Marie-France G.

Ma chère Marie France, je vous remercie. Je comprends le médecin ; je sais (pour avoir essuyé d'autres refus, et m'être fait traiter de tous les noms…) que tout cela est difficile. Demain matin je vais avec Denise (85 ans, ancienne gynécologue, ancienne militante communiste, vive la filière des vieilles dames !) voir un médecin généraliste dans un centre de santé, qui apparemment a accepté de faire le certificat. Espérons que cela marchera sans mettre en danger quiconque.

Ps : Si tout cela est un peu dangereux, pourriez-vous demander à votre ami de détruire le mail que je vous ai envoyé, avec tous les détails, noms, etc. ? Encore merci, Marie-France.

Centre de Santé DR. Paris.

Je soussigné Dr F. certifie que l'état de santé de Monsieur Abdelraziz Ibrahim Hassan ne lui permet pas de se rendre à son rendez-vous le 12 juin 2018. Paris le 10/06/2018. Cachet. Signature.

SMS, Lundi 12 juin.

Bonjour Madame, j'ai bien confié ce matin le certificat médical de Hassan à l'huissier du tribunal qui l'a imprimé et soumis à sa hiérarchie. En principe, le préfet ne devrait pas le placer en fuite. Cordialement, Maitre Denis.

WhatsApp, Lundi 12 juin. Hassan, le certificat est bien arrivé à la Préfecture. Maintenant on attend la décision du Préfet. Inch Allah. Michèle

WhatsApp. Du coup je suis malade. J'ai passé à l'hôpital. Hassan

WhatsApp. Du coup tu es malade Hassan ! ?

WhatsApp. Je mal à la doigt.

Centre Hospitalier Sud Francilien

116, boulevard Jean Jaurès, 91106 Corbeil-Essonnes

Service d'accueil des urgences

Chef de service : Dr E. Simon-Lichbaher

Attestation de passage

Je soussigné Médecin urgentiste, certifie que M. Hassan Abdelraziz Ibrahim était présent aux urgences du Centre Hospitalier Sud Francilien le 12.06.2018 de 12h31 à 22h04. Certificat fait à la demande de l'intéressé et remis en main propre pour faire valoir ce que de droit.

Fait à Corbeil le 13.06.2018. Cachet du Centre Hospitalier Sud Francilien. Signature.

WhatsApp, Jeudi 14 juin. Bonjour madame comment ça va. Aujourd'hui je fais la opération de moi

WhatsApp. Tu pourras m'envoyer une photo des papiers qu'on t'a donnés à l'hôpital ?

Centre Hospitalier Sud Francilien

Compte rendu opératoire. Pôle chirurgie. Responsable docteur Tam Cloutier. Date d'intervention 14.06.2018

Excision. Diagnostic clinique : Panaris pulpaire du Pouce droit. Intervention : sous anesthésie générale. Garrot pneumatique à la racine du membre gonflé à 200 mmHg pendant 8 minutes. Excision en gueule de requin au niveau du pouce. Prélèvement du pus. Excision des tissus nécrotiques et du pus au niveau sous unguéal et au niveau de la pulpe (panaris en bouton de chemise) toilette abondante au H_2O_2 et sérum physiologique. Pansement stérile. SPO : premier pansement à J2. Sortie ce jour sous antalgiques Doliprane, Ixprim. Augmentin 1 g x 3/jour pendant 7 jours. Changement de pansement 1 jour sur 2 jusqu'à cicatrisation. Rendez-vous à la consultation pansement dans 7 jours sur contrôle clinique.

WhatsApp, Lundi 18 juin. J'ai envoyé tous tes papiers à l'avocat et à la préfecture. J'espère que tu n'as pas trop mal.

WhatsApp, Vendredi 23 juin. Bonjour madame, comment vas tu j'espère tu vas bien ! Aujourd'hui je suis allé à la préfecture ils ont refusé la renouveler résidence.

Je soussignée M.C, professeur de français bénévole au BAAM, certifie avoir accompagné Hassan Abdelraziz Ibrahim à la préfecture de police le 27 juin 2018. J'atteste que les agents ont refusé de renouveler son récépissé et d'enregistrer sa demande d'asile en procédure normale. Malgré plusieurs certificats et comptes rendus médicaux, faisant état d'un problème de santé qui a nécessité une opération d'urgence à l'hôpital Sud Francilien de

Corbeil-Essonnes, l'empêchant d'aller à sa convocation du 12 juin, il a été déclaré en fuite.

Fait à Paris le 29 juin 2018.

Qu'est-ce qu'un livre ?

Pour la petite fille de trois ans qui est sortie de l'avion et nous a regardés de ses grands yeux bleus, Claude a apporté un cadeau. Elle le prend et déchire l'emballage. Elle sait ça. Un cadeau, on déchire le papier et on regarde ce qui est caché dedans. Mais quel est cet objet ? Elle le tourne et le retourne dans tous les sens, essaye de comprendre comment ça s'ouvre. À l'endroit, à l'envers. Elle essaye de l'ouvrir par la tranche, comme une boite. Regarde en dessous, sur le côté, commence à s'impatienter. On la regarde ne pas savoir, avec étonnement. Claude lui montre comment soulever la couverture, ah et après, ces papiers, on les déchire aussi ? Elle attaque. Non non, il suffit de les tourner, comme ça. Ce sont des pages. Juste les tourner l'une après l'autre. Et puis regarde, il y a des choses dessinées dessus. C'est un livre d'images, sans texte. Sur la première double page, tout est bleu – de l'eau, des algues, des coquillages. Sauf dans un coin, en bas, un petit poisson rouge. On le lui montre avec le doigt, en disant oh ! en exagérant la surprise. On tourne la page, deuxième grande image. Et tout petit, là-haut, un autre poisson rouge. Oh ! dit Lola en s'esclaffant, en le montrant du doigt. La page suivante, c'est elle qui la tourne, et le voilà, le petit poisson rouge. Cette fois-ci, c'est elle qui l'a vu en premier, et c'est elle qui a dit Oh ! en le désignant du doigt, et en nous regardant avec malice. Nous sommes inondés de joie.

Les pigeons sur le zinc

Prénom et NOM de l'expéditeur
Son adresse
Sa ville

à Prénom et NOM du destinataire
son adresse
sa ville

Paris, le, suivi de la date

Monsieur,

Je suis au regret de vous retourner ici le manuscrit de votre pièce : « Les pigeons sont sur le zinc ».
Notre comité de lecture l'a lu en effet avec grand intérêt (…)

Alors que j'étais étudiante, j'ai trouvé un petit job de dactylo à la radio, dans le bureau d'Alain Trutat. C'est lui qui m'a appris à disposer les lettres ainsi et cela s'est gravé en moi pour toujours – emplacement de l'expéditeur, du destinataire, de la date, et la fin, immuable, simple, je vous prie de croire, Monsieur, à mes meilleurs sentiments. Je termine toujours mes lettres ainsi.

Celles qu'il me dictait alors étaient destinées à des écrivains qui envoyaient des manuscrits à la radio, pour qu'ils soient mis en onde ; la plupart étaient refusés, quelques-uns acceptés. Il y avait des gens très bien qui proposaient des pièces, et d'autres gens très bien qui les lisaient, de Georges Perec à Michel Vinaver. Alain Trutat appelait le bureau de lecture le «Burdel» – nous avions un petit meuble sur lequel était collée l'étiquette Burdel. Chaque fois qu'on l'ouvrait, tous les papiers entassés s'en échappaient en vrac et glissaient en montagne par terre.

Il me dictait ces lettres dans son bureau croulant sous les papiers, les livres, les bandes magnétiques, capharnaüm qui était un haut lieu de culture. Il avait été proche de Paul Eluard – ils avaient partagé leur amour de la poésie et aussi leurs femmes. Immense lecteur, collectionneur passionné de livres – je lui en veux encore d'être mort avant de m'avoir rendu un livre dédicacé que je lui ai prêté ! – , ami des peintres – je me souviens d'une visite chez Raoul Ubac – et des compositeurs de musique contemporaine, évidemment pionnier de la réalisation radio, c'était un homme très raffiné, autant que fin politique. À la radio son surnom était « Le Mandarin ».

J'ai encore en tête aujourd'hui certaines tournures de phrases, certains mots qu'il utilisait, comme « écheniller » par exemple, qu'il utilisait volontiers dans ses conseils aux auteurs.

Je notais sur mes genoux. J'étais incapable d'écrire moi-même. Sauf à envoyer des lettres types dans lesquelles il n'y avait qu'à glisser le nom de l'auteur et le titre de la pièce, je ne pouvais qu'écrire sous sa dictée – et c'était une chance.

Lui disait que c'était une chance d'avoir, pour tenter de mettre de l'ordre dans ses papiers, une petite étudiante en philosophie qui tapait avec ses dix doigts. Il disait : on a le petit personnel qu'on mérite.

Un samedi où il m'a demandé de venir pour rattraper son retard endémique – certains manuscrits étaient là depuis des années –, nous avons fait des lettres toute la journée, lui dictant, moi tapant. C'était encore les vieilles machines avec papier carbone pour les doubles, et gommes dures qui faisaient des trous dans le papier. À la fin de chaque ligne, après le cling, il fallait renvoyer le chariot de l'autre côté.

De longues heures étaient passées, la nuit était tombée. Il m'a dit : « Une lettre, encore une, la dernière, promis ». Harassée, j'ai repris mon stylo, et il m'a alors dicté le début d'une lettre exquise, adressée à moi-même, pour me remercier de cette longue journée de labeur. Patron/secrétaire. Cela avait un petit quelque chose du roman-photo.

Dix doigts

Tes mains font raisonner ton encre
Gauche - - - ▸ droite et retour chariot.

Jacques Roubaud[5]

J'ai appris à écrire à la machine à l'école Berlitz, en quelques semaines, en tapant sur un clavier aveugle. Les lettres étaient projetées devant nous sur un écran, et nous apprenions touche par touche, en attribuant chaque lettre à un doigt : le a en haut à gauche était pris en charge par l'auriculaire gauche qui tapait également juste en dessous le q, et plus bas le w. Le z était l'affaire de l'annulaire gauche, qui tapait aussi le s et le x. Ainsi pour chacun des doigts. Cela nous a été mis dans la tête et les mains à force de répétitions, jusqu'à devenir complètement mécanique : nous ne savions plus quelles lettres nous tapions, nous avancions les doigts et le texte s'écrivait. Encore aujourd'hui, pour écrire ceci que vous lisez, je fais le j avec l'index droit, le e avec le majeur gauche, etc. mes doigts savent même où sont les guillemets et les apostrophes, ils savent faire les majuscules. J'écris sans regarder le clavier, en pensant juste à ce que je veux écrire, et je vais vite.

Raymond Barre

Job d'étudiante. Service de presse de Raymond Barre : il s'agissait de noter, pour les ministres, tout ce qui se disait à la radio entre 6 heures et 9 heures du matin. Il n'y avait pas encore d'ordinateur, mais déjà des grosses machines IBM à boules, avec – innovation alors très récente – un correcteur intégré. Ainsi quand nous faisions une faute, nous n'avions plus besoin de la gommer avec un crayon-gomme dur qui risquait de faire des trous dans le papier ; il suffisait d'appuyer sur une touche, et elle venait déposer juste la bonne quantité de Tipp-Ex blanc sur la lettre fautive. Il fallait alors attendre un peu que cela sèche (sous peine de faire un gros pâté très moche) et on retapait la bonne lettre par-dessus.

Nous n'étions plus obligés non plus, pour faire des copies, de disposer sous la feuille principale des feuilles de papier pelure entrecoupées de papier carbone – ce qui était très laborieux. Une seule feuille suffisait, car nous avions à notre disposition une machine à photocopier – un luxe pour l'époque.

J'appréciais énormément ces progrès techniques. Malgré cela, il fallait évidemment faire le moins de fautes possible, être très concentré et très rapide pour taper, trois heures durant, ce qui se disait le matin à la radio, pratiquement au rythme de la parole. Certains éditorialistes étaient plus redoutés que d'autres parce qu'ils parlaient plus vite.

En cas de noyade, nous avions tout de même un système qui nous permettait de faire une pause très légère : avec le pied nous pouvions appuyer sur une petite pédale pour arrêter l'enregistrement, et revenir en arrière. Nous l'utilisions parfois, mais avec parcimonie, car nous n'avions pas une minute à perdre, à 9 heures les motards étaient là pour aller porter nos quelques feuillets agrafés à tous les ministres, et moi je retournais dormir.

Alors, toutes les nouvelles que j'avais retranscrites à toute allure restaient silencieusement en moi. Si j'entendais ou lisais l'une d'entre elles dans la journée, elle m'était étrangement familière, comme un rêve fait dans un demi-sommeil.

Lettres d'amour

Ma cousine Denise était veuve depuis de longues années, quand elle décida d'aller passer quelques jours en Espagne dans un club de vacances pour célibataires juifs, où la nourriture était entièrement casher. Elle y fit la connaissance de Jack Jacob Bordell, citoyen britannique, veuf lui aussi, la soixantaine lui aussi, et juif bien entendu. Ils firent ensemble quelques promenades.

À son retour, elle reçut de Jack Jacob Bordell une lettre aimable et pudique, disant qu'il avait été heureux de cette rencontre. La lettre était en anglais, il fallait lui répondre de même.

Denise avait un travail de secrétaire dans une petite entreprise juste en bas de chez moi, elle vint me demander de l'aide. Elle avait préparé un brouillon en français, qui commençait ainsi : « Suite à votre lettre du 3 courant… »

J'étais bien incapable, lui ai-je dit, de traduire en anglais pareille formule. Alors, avec application, nous avons écrit une première lettre. Jack Jacob ne sembla pas choqué, il répondit. Et nous avons continué.

C'était compliqué et délicieux à la fois. Compliqué parce qu'il fallait impérativement rester conventionnel, tout en laissant percer quelques éclats de désir.

Délicieux parce que Denise apportait chaque semaine, outre les réponses de plus en plus aimables de Jack Jacob que nous lisions avec ravissement, des fricassées, des bricks, des gâteaux au miel, et même du couscous avec des boulettes et leurs petites salades. Elle arrivait avec des couffins toujours plus remplis, mettait les choses à chauffer, puis nous nous installions avec nos crayons et nos papiers, et restions là à écrire des lettres d'amour à ce vieux monsieur anglais que je ne connaissais pas, et elle très peu.

Au bout de quelques lettres, ils s'épousèrent.

Denise s'appela Madame Bordell, se mit à parler anglais avec un accent cockney pur jus, et alla vivre dans le Sussex.

Des pages et des pages

J'ai connaissance que cette attestation sera produite en justice...

Des témoignages pour la justice, j'en ai écrit des pages et des pages. C'était pour une sale affaire dans laquelle ma mère, à un âge assez avancé, s'est retrouvée embourbée : son mari, beaucoup plus âgé qu'elle, atteint d'une maladie dégénérative du cerveau, était tombé amoureux d'une jeune femme qui lui soutirait tout son argent (et qui n'en était pas à son premier vieillard). Ce point de départ a donné lieu à d'inextricables complications qui ont duré 8 ans.

J'ai connaissance que cette attestation sera produite en justice et que toute fausse déclaration...

C'est que ma mère, pour ménager son mari, n'a pas voulu porter plainte contre la dame qu'il semblait aimer si tendrement, si bien que c'est la dame elle-même qui attaqua ma mère. Cela devint une histoire folle et confuse – *sex, money, death and rock and roll* – qui eut mille épisodes, beaucoup de personnages – avocats qui ne répondaient jamais, avocates hystériques, juges débordés, curatrices hostiles, ou carrément malhonnêtes, famille rapace, huissiers imprécis, assesseurs pressés, détectives louches, frauduleuses manipulations, emprise sur un vieillard qui n'avait plus sa tête, insultes, cris, pleurs, peurs, haine, amour infini et infinie tendresse, détermination totale de ma mère à se battre. Et tout cela donna lieu à une activité d'écriture intense, rédaction de témoignages, d'attestations, de certificats, encore et encore. Il suffisait de voir crouler les piles de dossiers dans le bureau de la juge. Des écritures au poids, à la tonne.

…et que toute fausse déclaration m'exposerait à des sanctions pénales.

La première fois que nous avons dû produire des témoignages écrits pour la juge des tutelles, c'était l'été, nous étions en vacances. Ma mère a mis longtemps à rédiger le sien. Un long texte précis et douloureux, d'une dizaine de pages écrites à la main. Nous sommes allées dans le web café de la ville voisine pour le taper. Comment le dire simplement : là, nous avons failli mourir. Dehors le soleil était brûlant et dedans tous les ordinateurs tournaient. La chaleur devait être de 40 degrés. Ma mère me dictait ce texte qui lui faisait mal :

Voici les faits dont j'ai été témoin :

Elle y racontait sa vie avec son mari depuis quarante ans, elle racontait qu'il l'avait trompée, elle racontait qu'elle l'aimait, elle racontait la façon dont elle était insultée et humiliée, elle racontait comment elle s'occupait de lui. Elle dictait et je tapais, on transpirait, mes doigts transpiraient sur les touches, nos bouches étaient sèches, nous étions pâles, à bout de forces, nous avions du mal à respirer. Et le texte était long, il y en avait encore beaucoup à taper. À un moment, l'une ou l'autre a dit : il faut boire. Je suis partie acheter une bouteille d'eau. Elle était fraîche. Nous avons bu longuement.

Boire de l'eau nous a sauvé la vie.

Encore elle.

À l'occasion d'un documentaire sur la retraite que préparait un ami, j'ai écrit ceci :

« On a de soi une image avec 25 ou 30 ans de moins. Lorsque je rencontre une amie de mon âge que je n'ai pas vue depuis longtemps, je pense toujours : "mais qui est cette vieille dame ?" Et quand je la reconnais : "elle a pris un sacré coup de vieux, la pauvre !" Je mets un certain temps à me dire qu'elle doit penser la même chose de moi. »

Plus tard dans un livre de Lydia Davis, je lis une nouvelle de quelques lignes qui dit exactement la même chose, mais de façon tellement plus belle :

> *Mon ami d'enfance*
>
> *Qui est ce vieil homme qui marche l'air un peu sombre avec un bonnet de laine sur la tête ?*
>
> *Mais lorsque je l'appelle et qu'il se retourne, il ne me reconnaît pas tout de suite non plus – cette vieille femme qui lui sourit bêtement dans son manteau d'hiver.*[6]

Je n'arrive pas à la cheville de Lydia Davis.

Exercice d'imitation 2

Cher Service de la Relation Client

Je suis une de vos bonnes clientes, fidèle depuis très longtemps aux maillots de bain *Eres*. J'aime vos maillots pour leur coupe, leur qualité, leur élégance, et leur solidité. Évidemment, ils sont affreusement chers, mais on peut dire qu'ils méritent de l'être, et puis c'est une sorte d'investissement, car ils durent plusieurs années.

C'est pourquoi j'ai été très surprise de ce qui est arrivé à celui que j'ai acheté en juillet dernier dans votre boutique des Blancs Manteaux – modèle « Aquarelle » taille M. – à peine dix mois après l'achat : une très vilaine usure, rendant le tissu transparent, est apparue. Verticale et large d'une dizaine de centimètres, elle découvre tout le bas du dos, ou pour être plus précise, la raie des fesses.

Je vous joins ici une photo – qui n'a pas été facile à faire, et m'a demandé pas mal de contorsions. Mais je crois qu'elle est assez parlante, et qu'elle expose bien le problème.

J'espère que vous serez d'accord pour dire que vous ne pouvez pas me laisser comme ça.

Dans l'attente d'une réponse de vos experts, je vous prie de croire, cher service de la relation client, à mes meilleurs sentiments.

Donc mon père a eu 12 sœurs. Chacune a eu six ou sept enfants, qui en ont eu chacun trois ou quatre, et ainsi de suite. La seule à s'y retrouver, dans le fatras de frères, cousins, nièces, oncles, grand-tantes, mères et beaux-frères qui en a résulté, c'est ma cousine Denise. Denise savait tout. Qui préparait sa Bar Mitzvah et qui était enceinte, qui avait une otite, qui était championne de dos crawlé, qui avait besoin d'une poussette et qui d'une camionnette, qui avait pêché le plus gros mérou, qui avait marqué le plus de points au basket, qui avait fait faillite, qui mettait dans ses boulettes de la verveine – au lieu d'y mettre de la menthe – ce qui faisait bien rigoler tout le monde, qui passait son concours de piano et qui avait fait une énorme bêtise comme pisser sur le poêle, juste pour voir ce que ça faisait, qui avait perdu la boule et qui avait perdu son boulot, qui entrait en CM2, qui avait une tension trop forte, qui était fâché avec qui, qui était la plus belle, qui était le plus riche, qui avait la jambe légère, et qui était mort. La seule à connaître les dates d'anniversaire de tous et à appeler chacun ce jour-là sans jamais se tromper, c'était ma cousine Denise.

Le jour où elle est morte, la famille s'est trouvée sans queue ni tête. Égarée. Plusieurs années ont passé, d'éloignement progressif, de lente déliquescence. Les douze sœurs de mon père se sont mises à mourir chacune à son tour.

Avec WhatsApp, petit à petit, l'histoire s'est remise à palpiter un peu. Une nouvelle génération a commencé à s'écrire – pour annoncer les naissances, les mariages et les Bar Mitzvahs, plutôt les bonnes nouvelles – et les morts aussi, respectueusement – à quoi s'est ajouté ce que WhatsApp charrie de vidéos bêtes et de prises de parti fachos. En tout cas, désormais nombre d'anniversaires sont souhaités, à la bonne date.

Tu te rends compte, me dis-je parfois, tout ce qu'il aura fallu d'intelligence, de technologie, d'invention, d'algorithmes, d'argent, pour tenter de remplacer ma cousine Denise ?

Je dis « tenter », parce qu'Internet ne se balade pas avec, en permanence dans son sac à main, de quoi faire des fricassés – exquis petits pains frits, fourrés de thon, de harissa, et de variantes.

Rijnsburg

Il pose la plume sur la table et se lève. Fait quelques pas dans la pièce. Il a besoin de marcher. Cela attire les mots à lui, lui permet d'entendre leur rythme à mesure qu'il les écrit dans sa tête. Par la fenêtre, le couchant a donné aux tulipes une belle couleur orangée. Il fait lentement le tour de la chambre, puis revient à la table ; s'assoit de nouveau, reprend la plume et, penché sur la feuille, il écrit : *Par expérience vague, je sais que je mourrai.*[7]

Corriger

Supprimer « Comment dans le temps j'écrivais à l'encre bleu-vert » et « Comment j'ai écrit l'Anti Œdipe avant Deleuze. » Dans Flaubert, répétition de « ravissante ». Recompter les signes de « Écrire sur l'exil ». Supprimer « elle me donne envie d'écrire » dans le texte sur Lydia Davis ? Faire mieux comprendre que j'essaie de l'imiter dans les différentes lettres aux Services clients. Dans « écrire sur l'exil » ajouter « et puis nous allions à l'école » ? Déplacer Spinoza. Raccourcir Raymond Barre. Supprimer « L'homme qui ne savait plus s'asseoir », le rapport avec l'écriture est trop tiré par les cheveux. Mettre beaucoup plus loin la deuxième lettre à l'adjoint aux sports de la mairie de Paris. À la fin de « Qu'est-ce qu'un livre », supprimer « nous sommes inondés de joie ». Tout compte fait, supprimer « Qu'est-ce qu'un livre ». Et puis non, le garder.

2.
APPRENDRE

Comment tout le monde ne sait pas écrire une lettre à un fournisseur. Comment j'ai appris à écrire dans une langue très spéciale. Comment l'écriture radiophonique en est une. Comment j'avais de la bande magnétique dans mes cheveux. Comment j'ai transcrit la parole de mes tantes. Comment parfois il faudrait une partition. Comment j'ai transcrit aussi des conversations d'oiseaux. Comment l'écriture radiophonique a ses héros et ses saints. Comment j'ai écrit une goutte d'eau. Comment Lévinas n'était pas d'accord avec Spinoza sur l'interprétation des Écritures.

Job d'étudiante dans une librairie. Une facture a disparu. Le patron me dit de faire une lettre au fournisseur pour lui en demander une copie. Écrire une lettre ? Moi ? À un fournisseur ? Écrire une lettre à un fournisseur ?! Je tourne autour, je ne sais pas. Je commence : *Ayant recherché partout, dans toutes nos affaires…* Passant derrière moi, le patron jette un œil sur ce que je fais. « C'est comme ça que tu vas leur écrire ? Ayant recherché dans nos affaires ? Partout ? » Il rit. « Ben… Faut bien leur dire qu'on l'a perdue, la facture. » Il me dicte un autre début, sans même avoir à réfléchir : « Pourriez-vous nous faire parvenir une copie de la facture 120 650 ? ».

Cette pesanteur, honte, embarras m'ont accablée pendant des années – pour les lettres administratives, les devoirs, ou plus grave, les lettres d'amour. Ni aisance ni facilité. Platitude navrante. Écrire me terrifie.

J'en suis toujours là au job suivant : dactylo à la radio. Je passe un jour devant un studio où Laure Adler est en train d'enregistrer un texte pour une émission. Elle s'arrête, et je l'entends dire : « Non ça ne va pas, laisse-moi une minute, je vais le réécrire ». Je pense : une minute ! pour réécrire le texte ! comme ça, devant tout le monde ! quel brio ! quelle virtuosité ! quelle facilité !

Il en a été ainsi – inhibition et manque de grâce – jusqu'à ce que je découvre que l'on peut écrire avec autre chose qu'avec des mots sur du papier.

À vingt ans, j'ai fait connaissance avec l'écriture radiophonique et sa grammaire de base, combinatoire de voix, musique, bruit et silence : voix/musique, voix/bruitage, voix/silence, voix/voix, musique/bruitage, musique/silence; et encore ruptures, cadences, durée, espace, écho, réverbération, tout ce dont disposait l'outil radiophonique pour inventer une forme, un fond, du texte, de l'écriture, un style.

À l'Atelier de création Radiophonique, l'appareillage était modeste, l'émission était pauvre, mal logée dans cette cabine 278 bourrée jusqu'à la gueule de bandes magnétiques (mais peut-être est-ce le cas de tous les lieux où quelque chose s'invente ?). Pour le dire avec les mots de notre maître Alain Trutat, c'est le plaisir très subtil du montage qui suppléait à notre dénuement, de même les pleins et les déliés du mixage, et la ténuité préservée du silence et le son affaibli, le son renforcé, la cadence trouvée, la discordance soudaine, reprise, affirmée, célébrée, et l'audace de tous les sons mêlés. À défaut d'avoir les moyens, nous avions du temps, des oreilles, et puis nous étions bricoleurs, dégourdis, inventifs. Et la technique nous procurait un vif plaisir.

Avant l'Atelier, une interview était un entretien compassé où chacun lisait, qui les questions et qui les réponses. La radio était du texte écrit. Ou bien la radio était du théâtre et les sons n'étaient que de pauvres illustrations : « il ouvrit une porte » crouic, bruit de la porte. « Au loin, une cloche sonne » ding dong, bruit de la cloche, etc. L'esthétique était au mieux celle du chromo. Et puis vint l'Atelier.

*Des enfants vietnamiens chantent tous ensemble. Leurs voix sont suraiguës. Ils sont petits. C'est une sorte de comptine. On entend un grondement qui vient de loin. Des avions approchent, menaçants. Qui deviennent de plus en plus présents, de plus en plus effrayants. Ils sont là. Ils couvrent le chant des enfants. Les écrasent. Les avions s'éloignent, silence de mort – et le chant des enfants réapparaît. Fort, aigu, joyeux (*Good morning Vietnam, Janine Antoine, Claude Johner, 1972).

J'ai participé à cette révolution avec ferveur. Avec jeunesse. Le son était sacré. Il avait sa théologie et sa légende dorée. Il avait ses rituels, sa morale, il exigeait un don de soi total (tout ce temps passé à mettre en ordre et en désordre des mots, des rires, des bruits, des musiques, à écouter des chants d'oiseaux, des bruits de pas, des gouttes d'eau, des clochettes de calèches et des sanglots). Il avait aussi ses héros, ses saints, ses maîtres zen, sa grande prêtresse, son pape – et ses apparitions éblouissantes : là, au studio 112, Marguerite Duras enregistrant la bande-son d'*India Song*, avec Michael Lonsdale, Delphine

Seyrig et l'ineffable Viviane Forrester à la voix dans le souffle, susurrée, dont je me moquais alors.

« *J'ai appris hier, il faut croire qu'on en reparle, ou peut-être n'est-ce qu'un faux bruit, l'un de ces sales ragots qu'on colporte entre évier et latrines, à l'heure de la mise au baquet des repas une fois de plus ingurgités, j'ai appris hier…* » *Voix tour à tour calme, hurlée, vociférée, paroxystique, aiguë comme celle d'une vieille dame glapissante, cris à gorge déployée, entrecoupés de bruit de tambour…* « *Et à quoi vous a servi, Monsieur Artaud, cette radiodiffusion ?…* »

Le son avait sa mémoire, sa culture, ses trésors secrets qu'on se refilait – des bruits qui avaient des propriétaires ou des auteurs : les pigeons de José Pivin, le vent de Madeleine Sola, et la mer d'un tel, l'oiseau de paradis de tel autre. Je me souviens pour toujours de l'enregistrement lyrique des martinets que Michel Créïs a fait un matin de printemps à Tunis, et la noria du chameau du Saf Saf, et les bruits d'enfer de l'usine de métaux.

Il dit : Je n'aime pas que la prise de son soit statique, j'aime qu'elle soit vivante, j'accompagne le son, je bouge, même pour enregistrer la mer je bouge avec les vagues. Parce que le son est tout le temps en mouvement. Regarde là, je te parle, c'est moi que tu entends, mais à gauche des gens viennent de rentrer dans le café, ils parlent très fort, et au fond à droite, il y a le bruit du percolateur. Notre écoute est sélective et constamment mobile. Le réel n'existe pas.

Les micros s'appelaient Lem, Sennheizer, Schoeps, chacun avait son poids, sa sensibilité, sa direction, ses bruits de câbles.

Un orchestre classique joue un extrait d'une symphonie de Beethoven, on reconnaît la symphonie, mais il y a, à l'écoute, quelque chose de bizarre. C'est une œuvre de Brian Eno. Il a engagé tout l'orchestre philharmonique de Londres, et a demandé à chaque musicien de prendre l'instrument du voisin : le pianiste est au violon, le harpiste à la trompette, le violoncelliste aux percussions.

Le son avait ses hauts lieux : d'immenses studios tels des aquariums, chacun avec son acoustique, sa taille, sa profondeur, sa hauteur. Parfois un bruiteur s'installait là, dans le coin du studio qui lui était dédié : quelques mètres carrés de sol pavé, quelques-uns de parquet, d'autres de gravier, de sable, pour les différents genres de bruits de pas. Une porte entourée d'aucun mur, pour la faire claquer, grincer, l'ouvrir ou la fermer. Une cabine calfeutrée pour étouffer le son, le rendre plus ou moins mat ou brillant, son d'intérieur, son d'extérieur; et des objets, des couverts, des verres, des jouets, à chacun son bruit. Et des matériaux aussi : quand on voyait le bruiteur manipuler des morceaux de polystyrène, son geste était incompréhensible, mais il suffisait de fermer les yeux pour entendre des pas dans la neige.

Chaque jour nous faisions des kilomètres, car elle était ronde, la Maison de la Radio – certains disaient « La Maison » – nous en connaissions le moindre recoin et même au sous-sol, l'endroit où étaient précieusement gardés tous les instruments d'orchestre, y compris les plus rares comme celui pour faire le vent des moulins à vent dans le *Don Quichotte* de Massenet, et les contrebasses dans des coffres qui ressemblaient à des tombeaux égyptiens, et les immenses plaques de métal pour faire des bruits d'orage, et l'emplacement de la première pierre où parfois, l'on échangeait des baisers.

Une séance de psychanalyse. Le patient souhaite l'enregistrer. Le psychanalyste refuse. Il a ses raisons. Le patient insiste, et d'ailleurs il est en train de l'enregistrer, puisqu'on l'entend là, on est en train de l'entendre à la radio. Le ton monte, devient violent, jusqu'au moment où le psychanalyste ouvre la fenêtre et hurle « Au secours ! » (L'homme au magnétophone, Jean-Jacques Abrahams, 1967).

Quand j'ai commencé à la radio, les ordinateurs n'existaient pas, et encore moins les logiciels de son qui permettent aujourd'hui de voir les ondes sur un écran, et de les lire, les couper, les raccorder à volonté. Le son était alors gravé sur de minces bandes magnétiques de 6,25 millimètres, enroulées autour d'un noyau, que l'on disposait sur un magnétophone, qui les entraînait dans le sens inverse des aiguilles d'une montre. On voyait la bande passer devant la tête d'enregistrement et la tête de lecture, se dérouler et s'enrouler.

La galette formée par la bande magnétique enroulée était évidemment un objet précieux, résultat d'heures de travail, de montage, d'assemblage de bandes originales de plusieurs provenances entrecoupées de jaunes pour séparer les éléments entre eux. Elle était manipulée avec précaution, car il pouvait arriver qu'un geste maladroit la détache du noyau et la fasse partir en chandelle, comme on disait alors, provoquant un drame de nœuds affreux. Si votre bande magnétique se mettait à ressembler à une chevelure frisée pas coiffée mesurant des centaines de mètres, c'était le moment de passer la nuit à chercher toutes les solutions, y compris de monter au dixième étage de la tour centrale de la Maison de la Radio, et de la lâcher par une fenêtre de toute sa hauteur dans l'espoir fou de la démêler.

La voix de Georges Perec sur un fond léger de circulation : « Une femme passe avec un imperméable rouge, une autre avec un cabas, un autobus 86, une camionnette blanche, des taxis (…). Le feu est rouge boulevard Saint-Germain, Une dizaine de personnes traversent, cinq ou six avec des parapluies, deux avec des chiens, rue du four passe une camionnette Uncle Ben's, le riz qui ne colle jamais » (Tentative de description de choses vues au boulevard Mabillon le 19 mai 1978).

Les coupes se faisaient avec des ciseaux fins que l'on disposait verticalement au plus précis devant la tête de lecture. Puis on mettait les extrémités des deux bandes que l'on voulait assembler sur le gras du pouce, sans laisser le moindre espace entre les deux, mais sans pour autant les faire se chevaucher – c'est dire si le biseau devait être exactement le même des deux côtés – et on y mettait un petit morceau de scotch, que l'on taillait au ciseau ensuite à la taille qui convenait, en enlevant les petits morceaux qui dépassaient.

«*Comment vous la trouvez ma salade? hurle la marchande des quatre saisons!*» (René Farabet)

Mais avant de couper ou de coller la bande, il fallait repérer l'endroit où l'on voulait couper. Cela se faisait à l'oreille, les deux mains posées à plat sur les galettes, le magnétophone en position « montage » débloquant la bande que l'on pouvait alors faire passer et repasser devant la tête de lecture, de plus en plus lentement, de plus en plus précisément, en faisant se distordre le son, jusqu'à ce que la lettre, ou le bruit, ou la note que l'on essayait d'atteindre ressemble à un mur contre lequel on se cognait. Pour se concentrer, bien écouter, les monteurs, les mains posées sur la galette, regardaient en l'air, puis coupaient très vite, afin de ne pas perdre le point précisément repéré, et puis ils collaient.

Une femme ingénument raciste, explique qu'elle n'en peut plus de tous ces Arabes qui font du bruit avec leur musique arabe. Ah bon, parce qu'elle écoute quoi elle comme musique ? Du classique prétend la dame avec aplomb. S'ensuit un mixage délicieux au cours duquel Bach et Oum Kalsoum luttent pour attirer notre attention. (René Farabet)

Il était connu que le B, D, K, T, toutes les lettres dures, étaient beaucoup plus faciles à repérer que les autres. On pouvait comme s'appuyer sur elles, c'était solide. Beaucoup plus difficiles, les L, M, N s'entendaient moins bien et semblaient vous glisser entre les doigts. À éviter absolument : le S, car quel que soit votre talent à repérer le son, il restait toujours un bout de S d'un côté, un bout de S de l'autre, et le collant s'entendait (ce qui était un déshonneur absolu). Les voyelles n'étaient pas très fiables. Une erreur de débutant était de couper au milieu d'un silence pour raccorder avec un autre silence, car rien n'est plus différent que deux silences entre eux, et cela s'entendait toujours. Il fallait couper au plus près d'un bruit pour que la coupe soit masquée par lui.

Je me souviens avoir entendu l'ingénieur du son dire à son assistant qui avait du mal à repérer une coupe : essaye sur le deuxième T de éternité.

C'est un match de catch à Dublin. On entend les coups portés, les grognements et les cris des deux adversaires, l'espace de la salle, survoltée. De loin, surgit la voix suraiguë d'un petit garçon qui hurle, et la voix d'Andrew se glisse entre ses hurlements, elle murmure la traduction, pendant que le môme crie de toutes ses forces, dans un anglais d'Irlande : « Allez papa ! Encore ! Fais-lui un croche-patte ! Tire sur sa tête ! Sale papiste ! Allez, fais-lui un sale coup ! Allez ! tords-lui le cou ! C'est l'ange de Satan ! » (Irish stew, Andrew Orr)

Le silence était toute une affaire. Toute interview devait nécessairement comporter, à la fin, quelques minutes du silence du lieu où elle avait été faite. Car le silence de tel bistrot n'a rien à voir avec celui de tel appartement, et encore moins avec celui de telle prairie, ni avec celui des espaces infinis. Et si nous ne disposions pas de quelques minutes de ce silence-là, il fallait aller le chercher entre les mots, entre les phrases, entre les bruits, et monter bout à bout des secondes de silence pour en reconstituer un qui soit utilisable.

Soit une personne qui parle avec beaucoup d'hésitations, de heu…, de petites toux gênées, de silences, de pfff, de « enfin », de « je veux dire »…, ce qui ralentit beaucoup sa parole et la rend pénible à écouter. C'était souvent le cas de grands intellectuels, de philosophes, qui parlaient en pensant. Nettoyer la parole consistait à couper les unes après les autres toutes ces hésitations, et soudain, voilà qu'elle devenait étonnamment fluide et brillante, cette parole. Parfois les monteurs facétieux collaient bout à bout les heu ! les pfff, les « je veux dire », les toux gênées.

Le résultat était hilarant, on reconnaissait la voix du philosophe en question, l'intonation de quelqu'un qui était en train de tenir un raisonnement, mais on n'entendait qu'une succession de pfff, de silences et de toux gênées, ressemblant à s'y méprendre à un discours savant.

On enregistre un opéra sur l'opéra, dans lequel le ténor se plaint de n'avoir presque rien à dire, c'est là son texte. La basse chante douloureusement : voici le seul moment de l'opéra où vous allez entendre ma voix. Un autre chanteur de protester : ce serait plus facile si j'avais une position plus confortable. La soprano et le baryton ensemble : il y a 40 mesures dans ce duo, voici la 5ème, voici la 6ème, etc. (L'Opéra de quatre notes, Tom Johnson).

Un autre moment où l'on sentait que le son était une matière : lorsqu'il fallait faire une boucle pour entendre se répéter un bruit, une parole ou une musique avec régularité. On prenait le morceau de bande magnétique qui contenait le son en question, on collait ses deux extrémités l'une à l'autre, on installait un piquet devant le magnétophone, et on se débrouillait pour que la boucle passe devant la tête de lecture puis autour du piquet, avant de retourner devant la tête de lecture. Quand la boucle était très longue, il fallait lui faire faire un chemin autour de tout le studio, avec plusieurs piquets, et même jusqu'au couloir là-bas, en disposant de loin en loin des objets qui pouvaient la soutenir sans qu'elle glisse, et sans qu'elle se coince. Cela prenait la journée (aujourd'hui il suffit d'appuyer sur le bouton « boucle » de l'ordinateur, progrès incontestable !).

On tue le cochon. On égorge le cochon. Il crie, c'est épouvantable. Cela n'en finit pas et fait mal jusque dans les tripes. Il crie toujours. Il meurt en criant. On a envie de jeter la radio par la fenêtre. C'est une œuvre d'Andrew Orr.

Le grand moment était le mixage. Les studios avaient souvent cinq magnétophones : quatre pour y mettre quatre sons différents, le cinquième pour enregistrer le résultat du mixage, mais on pouvait en ajouter deux autres, que les assistants faisaient venir en roulant depuis le ventre de la Maison de la radio, avec force fils et câbles, et ils branchaient longuement le tout. C'était des gros Schlumberger, très lourds, encombrants, des blocs de métal usinés. Ils étaient sauvages, manquaient de grâce, mais c'était bien comme ça. Et voilà tous ces magnétophones qui tournaient en même temps, sans compter les deux tourne-disques et parfois une voix au micro en direct dans le studio, le tout commandé à la main depuis la table de mixage par un ingénieur du son démiurge et inspiré, qui savait que la musique devait démarrer à tel moment, que l'oiseau chantait tout du long en douce, que le bruit de tonnerre devait claquer soudain, enchaîné avec le bruit feutré de la pluie qui était sur le magnétophone additionnel, sur quoi venait en gros plan l'enfant qui chantait.

Bruit de haute mer, grosses vagues, cris de mouettes. Et par-dessus ce vacarme, la voix du récitant, très fort : « (…) Et lorsqu'il aperçoit au large un vaisseau qui revient hissant des voiles noires, le vieil homme, n'écoutant que son désespoir, se précipite dans la mer et l'on entend alors le cri, la terrible plainte que recueillent Philicor et Andron d'Halicarnasse : AAAAAAAAAAAAAAAAaaaaaaaaaa ! Bruit de chute dans la mer (PLAF ! !) et des oiseaux qui s'enfuient en hurlant (KIA ! KIA ! KIA !). » (Version de Labyrinthe, Hugo Santiago)

L'ingénieur du son faisait cela au feeling, comme on dit, avec la virtuosité d'un pianiste jouant du Liszt, ou plutôt du jazz, les doigts écartés qui bougeaient sans arrêt sur les touches, fébriles. Et il bondissait sur le clavier, corrigeant au fur et à mesure, écoutant, dominant souvent, mais parfois se laissant dépasser, et c'est alors que survenaient des bonheurs inattendus. Elle était belle, cette danse de l'ingénieur du son devant sa console de mixage, rendue aujourd'hui inutile par les machines multipistes où tout est programmé à l'avance, ce qui rend l'erreur impossible, mais l'envolée, le coup de génie aussi.

Cela se passait dans des studios transparents, grands comme des cathédrales, où s'installaient les comédiens, les musiciens, parfois des orchestres, et que nous surplombions cachés dans l'ombre d'une cabine parmi les machines, les câbles, et les grandes enceintes.

On écoutait le son très fort, on était hors du monde. On avait l'oreille si fine que l'on recommençait tout pour un souffle, un défaut infime, inaudible pour quiconque d'autre que nous. C'était exaltant à voir, à entendre, cela vous absorbait pendant des jours et des nuits. On savait quand le mixage s'envolait, qu'il était beau. On en avait le cœur gonflé de joie. Cela pouvait aller jusqu'à vous donner envie d'avoir un enfant avec l'ingénieur du son.

La très belle goutte de la grotte de Bedeilhac

Plic ploc plic ploc plic ploc plic ploc picpic pic plic ploc plic ploc Pic pleploc ploc picpic pic pic pic pic pic poc pocopoc poc poc. Poc pocpicpic peloc ploc picpoc pic pilic plic ploc pocop pocop Pocop pocop pocop plic ploc plic pic picpoc plic ploc pipic Picop Picplic Picplicop pic piclop plic ploc plic ploc cloc cloc poc poc Poc poc poloc ploc (1') picpocpoc pic picpoc pipic pipoc picpoc Ploc poc pic pic pocop poc pocop pocop plic ploc plic ploc pacpcap plic ploc plic ploc plic ploc papic papic papic pipac pleplac plac picpac pic picpac plic ploc pla pla pipac paplac plic ploc plic ploc plic ploc plic ploc papic pipac poc pic pac pic papic pipic papac plic ploc plic ploc (2') plic ploc plic ploc plic ploc plac plic Pipliplic plic ploc plic plic pacap cap clipop clipop pocpic clic cloclic clipclop plic ploc plic ploc plic ploc (2'27).

Henriette : Elle a eu quatorze enfants ma mère. Elle les a tous nourris, hein, jusqu'au dernier là-bas, je me rappelle la dernière, Sylvette la dernière. Quand elle était là-bas sur les marches de l'escalier, parce que nous autres on habitait dans les escaliers de la terrasse, il faisait bon et ma mère elle ne cherchait que la fraîcheur tout le temps. Elle lui donnait à téter, quand elle sortait le sein, tu vois, le quatorzième enfant, mais elle était belle tu sais, cette petite-là hein, elle était tellement belle, quand on sortait dans la rue, tout le monde qui se retournait pour la regarder tellement qu'elle était belle, de grands yeux verts, elle lui ressemblait, elle ressemblait au pauvre chéri, elle ressemblait à ton père

Yvonne : Je croyais qu'elle était brune moi !

Henriette : Non elle était claire, elle était belle, elle avait des couleurs, et ma mère, au quatorzième enfant, quand elle sortait le sein, le lait giclait jusqu'au mur d'en face là-bas, tellement qu'elle avait du lait, tellement qu'elle avait de beaux enfants. Jusqu'au quatorzième !

(À partir d'ici il faudrait une partition pour faire entendre la cacophonie de leurs voix qui s'enchaînent, se chevauchent, qui rigolent, qui s'engueulent, les ruptures de rythmes, les montées, les soupirs.)

Henriette : On était très croyants et très pratiquants là-bas, hein !

Odette : On n'allumait pas la lumière le vendredi, on n'achetait pas. L'école on y allait parce que ma mère voulait absolument qu'on y aille. Le pauvre mon père lui ne voulait pas.

Henriette : Parce qu'il était très religieux lui.

O : Il était très religieux mais ma mère non, elle était plutôt un peu libérale.

Yvonne : Bon mais ça veut pas dire qu'on comprenait la religion ça. On comprenait rien du tout !

O : On faisait toutes les fêtes…

Y : Oui, on faisait les fêtes, mais on ne savait pas à quoi ça rimait, pourquoi… Alors on savait qu'à Kippour on mangeait pas, on savait qu'à Roch Hachana il fallait manger de la pkaila, c'était ça, nos fêtes.

H : C'est pas qu'on comprenait pas. On comprenait mais on n'assimilait pas. On savait que…

Y : Un jour on t'a appris, comme les catholiques qui apprennent le catéchisme… ? / H : Ah non, non ah non. / Y : Alors qu'est-ce que tu savais ?

H : Non mais Pourim tu sais très bien que c'est Esther…

O : On faisait Pourim, on faisait Aman Mahlouf, on savait que c'était la fête d'Esther, à Pâques on nous traduisait toute la…

H : Tu crois qu'on connaissait pas, les Égyptiens…

O : Attention ! à Pâques toute la prière était traduite !

H : Alors !

O : On faisait toutes les fêtes, on mangeait très bien !

H : Attends, pourquoi, notre père il faisait des prières pour les fêtes non ?

O : On faisait toutes les prières ! Yvonne qui dit qu'on était pas religieux !

Y : Vous ne m'avez pas comprise. J'ai pas dit qu'on était pas religieux, mon père il était très… Mais c'est-à-dire qu'on savait pas à quoi ça rimait !

O : Bon d'accord, mais on les faisait quand même les fêtes. / Y : On mangeait ! / O : On faisait les prières et on mangeait ! Et on s'habillait de neuf.

Y : Je te parle de nous, mon père bien sûr qu'il les faisait, mais toi qu'est-ce que tu savais faire une prière ou bien commenter une chose.

O : Tu crois que, le pauvre notre père, quand il lisait il comprenait l'hébreu ? Il comprenait pas lui aussi l'hébreu.

H : Bon il comprenait…

O : Mais non il comprenait pas l'hébreu ! Zaghdoun quand tu lui demandes, il comprend pas l'hébreu !

H : Il sait te raconter toutes les histoires.

Y : Il sait te raconter l'histoire, mais nous est-ce qu'on savait, est-ce qu'on sait quelque chose… ? Maintenant à notre âge bien sûr…

H : On savait bien qui c'était Aman, qui c'était Mordokhaï, qui c'était Esther, on savait, Pourim, Pâques tu savais très bien que c'était les Égyptiens.

O : Tu savais Roch Hachana ce que c'était, tu savais Soucoth ce que c'était… Mais oui enfin ! / H : Et Hanouka !

Y : Maintenant, tu le sais !

– Hou houououou ! (silence) hou hou hou hououou hou !

– Hi hi ! hhi ! hi hi ! hi hi ! rhi ! hi hi !

– Houhouhou

– Croui croui ! crii cri criiicgrii !

– Houhouhou hou houhou hououou !

– Cri crii ! cri crii ! cri crii !

– Houhououou !

– Hii !

– Hou houhouhouou !

– Ouic ! ouic ! ouic ! ouic ouic ouic ! oui couic !

– Houhouhouou ! (silence) houhouhouou hou ! (silence)

– Mpiii ! (silence)

– Houhouou ! hou hououhouououou ! (silence) houhouhououou ! hou hououhouououou ! (silence) hou !

La technique sonore a longtemps eu sa légende dorée, et ses miracles qui vous mettaient les larmes aux yeux, comme celui-ci par exemple : dans les temps anciens, lors de sa diffusion à la radio, le son n'était pas compressé. Cela veut dire que si quelqu'un chuchotait, il fallait tendre l'oreille pour l'écouter, le son était très faible. Si un coup de tonnerre advenait, il était très fort, on sursautait, et instinctivement on prenait du recul. C'était comme ça. Sons forts et sons doux selon ce que la radio émettait. Le son avait ses pleins et ses déliés, et c'était beau. Évidemment on pouvait augmenter ou baisser le volume de l'ensemble, mais les sons forts restaient toujours relativement beaucoup plus forts que les sons doux.

Arrivèrent les radios commerciales et la publicité. Musique voix, voix musique, musique à fond, boum boum boum, voix à fond, tout cela techniquement compressé, c'est-à-dire prévu pour que tout soit en permanence au premier plan. Pas de deuxième ou troisième plan, pas de bruits plus ou moins forts, pas de nuances. Boum boum boum. Premier plan. Pour être plus fort que les autres. C'était une lutte de territoire en somme. Donc vous pensez bien que si la chaîne d'à côté proposait des chants d'oiseaux furtifs, joliment mixés avec une parole un peu lointaine au bout du jardin, même si elle enchaînait sur une musique symphonique, on remarquait à peine ce qui était diffusé là. De toute façon, dans la symphonie la partie de piano disparaissait. Donc on tournait le bouton, et on passait de boum boum en boum boum, en ignorant la chaîne qui proposait ces délicatesses.

Un jour les patrons de la chaîne en question, saisis de la peur de disparaître, décidèrent de s'aligner sur les radios commerciales et de compresser eux aussi le son – manipulation technique qui se faisait au CDM (Centre de Modulation des Émissions) qui recueillait tous les signaux avant de les envoyer à l'émetteur : pour Paris, la Tour Eiffel. Quelques boutons à tourner, j'imagine, permettaient d'aligner le chuchotement et le coup de tonnerre au même niveau sonore. Vous comprenez n'est-ce pas ? Tout avait le même volume sur la bande FM. C'était un chuchotement, mais on l'entendait exactement aussi fort que le coup de tonnerre. Le boléro de Ravel qui commence *triple piano* et se termine *triple forte* n'avait plus aucun sens ainsi diffusé. Certes, dirent les dirigeants, il y a quelques sacrifices à faire, on y perd en style et en délicatesse, mais on y gagne en efficacité. Et c'était peut-être bien une question de survie.

Il y eut des résistants. Yann Paranthoën était de ceux-là.

Ses émissions mettent en scène les sons. Du statut de simple moyen, de véhicule de sens, les sons passent avec Yann à celui de héros. Avec lui, les moindres bruits de la vie quotidienne sont inouïs au sens propre, on ne les a jamais entendus comme ça, ils racontent des histoires. Le bruit de la machine à café, le bruit de l'ascenseur, celui de l'aspirateur, celui des poubelles qu'on vide, celui du chiffon qui frotte la vitre pour la nettoyer, les pas, les portes qui s'ouvrent et qui se ferment, tout cela raconte sans avoir besoin d'explications la vie de Lulu qui fait le ménage dans les immenses espaces de la maison de la radio, sa vitalité, sa solitude. C'est une sorte d'opéra dans lequel les voix sont elles aussi d'abord des sons ; elles arrivent pleines d'espace, avec leurs accents – égyptien, guadeloupéen, espagnol, algérien – elles ont besoin de peu de mots pour raconter la vie de ceux-là qui arrivent dans la maison ronde avant tout le monde pour faire le ménage. Et voilà madame Pinto que l'on reconnaît à ses pas – *ils viennent de loin à droite et repartent loin à gauche* – et qui du haut de la terrasse de la Maison de la radio – *bruit des voitures, des voix sur berge, bruit de toute la ville de Paris tel un chœur d'opéra* – elle, Madame Pinto, elle décrit Pointe-à-Pitre, et chante doucement comme pour elle-même, sur fond de pollution, et de nuisance sonore «*Adieu foulard, adieu madras, adieu rob'soie, adieu collier choux, Doudou à moin, li qu'a pa'ti, Héla ! héla ! c'est pou' toujou*».

Et ainsi, d'émission en émission, Yann faisait entendre comme jamais encore entendus, les bruits d'un voyage en train, le bruit d'une cloche, ou celui aussi violent que déchirant d'un arbre qu'on abat – arrachement de la fibre, explosion, déflagration de la chute de l'arbre, comme une agonie avec toutes ses phases jusqu'au dernier soupir, comme un adieu à la vie. Les bruits racontent qu'on a tué un arbre. Cela a quelque chose d'immense, de sacré.

En plus d'être artiste, Yann était têtu. Une vraie tête de cochon. La compression, mettre tout sur le même plan, au même volume sonore, il était tout à fait contre. Cela mutilait, affaiblissait, châtrait la matière sonore qu'il travaillait. Or, avec le temps, il avait gagné en reconnaissance, en célébrité, et avait désormais un statut particulier à la radio qui lui offrait une semaine par mois pour faire ses œuvres personnelles. Il a donc continué à faire ses émissions comme il l'entendait, mais il a refusé qu'elles soient diffusées sur la chaîne.

Le jour où Yann Paranthoën est mort, la radio – qui avait toujours reconnu son talent – a voulu lui rendre hommage. Il était l'un de ses héros. L'un de ses saints. Mais comment faire puisque Yann refusait que l'on compresse ses émissions ? Alors un miracle s'est produit. Ce jour-là, la chaîne a ordonné au Centre Distributeur de Modulations qu'on arrête ce truc qui mettait tout au premier plan, tout au même niveau. Ce jour-là, ils ont désactivé le compresseur.

Juste pour le passage de l'émission de Yann hein! Seulement deux heures! Le temps d'écouter l'une de ses œuvres, avec ses sons infimes et ses sons violents, ses sons feutrés, ses sons présents, ses sons aigus, ses sons brillants, ses sons mats, ses arrière-plans, son volume au sens plein du terme, son niveau, très haut là-haut.

Orou FSIII, FSIIOU ! Ro o ro o ro o *fiii, fillllliou* O ro FILLLLS, FILLIOU ! ro o oro o oro FIIII, FILLLLIOU ! ro oroo oroo FIIII, FILLLLIOU ! pi-pipipipipipipipipipipiou raa raa ra FSSIIII, FSSIIOU ! Piou piou ro ro, *Fsiii, fsiiou*, FSSIIII, FSSIIOU ! ro ororo oro ro oro *Fsiii, fsiiou*, FSSIIII, FSSIIOU ! pi-pipipi ro oro oro oro FSSIIII, FSSIIOU ! piop piop piop, ro ro, Fsiii, fsiiou, FSSIIII, FSSIIOU ! méé ra ara arah FSSIIII, FSSIIOU ! pipipipi piou piou *Fsiii, fsiiou, fsiiouou*, ro oro oro *Fsiii, fsiiou* ro oro oro, FSSIIII, FSSIIOU ! orooo oroo, oroo Orou FSIII, FSIIOU ! Ro o ro o ro o *fiii, fillllliou* O ro FILLLLS, FILLIOU ! ro o oro oro oro FIIII, FILLLLIOU ! ro oroo oroo FIIII, FILLLLIOU ! pipipipipipipipi-pipipiou raa raa pipi FSSIIII, FSSIIOU ! Piou piou ro ro, *Fsiii, fsiiou*, FSSIIII, FSSIIOU ! ro ororo oro ro oro Fsiii, fsiiou, FSSIIII, FSSIIOU ! pipipipi ro oro oro oro FSSIIII, FSSIIOU ! piop piop piop, ro ro, *Fsiii, fsiiou*, FSSIIII, FSSIIOU ! méé ra ara arah FSSIIII, FSSIIOU ! pipipipi piou piou *Fsiii, fsiiou, fsiiouou*, ro oro oro *Fsiii, fsiiou* ro oro oro, FSSIIII, FSSIIOU ! orooo oroo, orooOrou FSIII, FSIIOU ! Ro o ro o ro o *fiii, fillllliou* O ro FILLLLS, FIL-LIOU ! ro o oro orooro FIIII, FILLLLIOU ! ro oroo oroo FIIII, FILLLLIOU ! pipipipipipipipipipiou raa raa pipipi FSSIIII, FSSIIOU ! Piou piou ro ro, *Fsiii*, *fsiiou*, FSSIIII, FSSIIOU ! ro ororo oro ro oro oro *Fsiii*, *fsiiou*, FSSIIII, FSSIIOU ! pipipipi ro oro oro oro (...)

1977 a été l'année du 300e anniversaire de la mort de Spinoza. Par malice ou par audace ou simplement parce qu'il avait envie de parier sur quelqu'un de très jeune plutôt que sur un vieux professeur, Alain Trutat m'a désignée pour célébrer cet événement en 5 ou 6 heures d'émissions sur France Culture. C'était beaucoup d'honneur et, en même temps, terriblement difficile pour moi. Mais me voilà lancée dans cette entreprise exaltante et terrifiante, appelant toutes les stars des études spinoziennes de l'époque, de Desanti à Mechoulan, de Deleuze à Sylvain Zac – j'ai encore dans l'oreille la voix du vieux Zac disant avec son accent yiddish : « Mais pourquva ils l'ont excommunié, ces Juifs ? ». Bref je travaille énormément, j'ai peur tout le temps.

Pour l'une des émissions, l'idée me vient d'inviter Emmanuel Levinas. Car dans beaucoup de textes, et surtout dans le *Traité théologico-politique*, Spinoza critique l'interprétation des écritures, en particulier l'exégèse juive (« Mais pourquva ils l'ont excommunié ces Juifs ? »). Or Levinas – penseur juif, auteur notamment de plusieurs livres de leçons talmudiques – ne peut pas être d'accord avec Spinoza sur ce point.

Me voilà donc, aussi timide qu'on peut l'être, dans le salon d'Emmanuel Lévinas, du côté de la Porte d'Auteuil. Sa femme m'offre du thé dans un verre entouré d'un cercle métallique et d'une anse du même métal, brulant forcément – tout à fait la façon dont on sert le thé chez les Ashkénazes. D'ailleurs son salon ressemble à celui de madame Dembo. Plus tard, j'ai compris que c'était normal de penser à madame Dembo : comme lui, elle venait de Lituanie. Ce jour-là, il a l'air d'un gentil grand-père juif.

Aussitôt assise, enfoncée dans un gros fauteuil de velours, avec à la main ce verre qui me brûle, je lui parle de cet entretien pour la radio. Levinas me regarde, petit silence, puis il me demande : Et qui va me poser les questions ? Heu… c'est moi, réponds-je en transpirant légèrement. Petit silence. Il rêve un moment. Puis il me demande : Vous connaissez l'histoire du petit chien et de l'éléphant ? Non, je ne la connais pas. Ah ! Voulez-vous que je vous la raconte ? Volontiers.

Voilà, c'est un tout petit chien qui se tient devant un éléphant. Et il aboie, il aboie ! Il aboie de toutes ses forces. Au bout d'un moment quelqu'un lui dit : Tu n'espères tout de même pas impressionner l'éléphant en aboyant ainsi ? Et le petit chien répond : L'éléphant non, bien sûr. Mais les autres petits chiens, oui !

Cette histoire me fait l'effet d'un coup de poing. Je me sens mal. Voilà ce qu'il se passe quand on essaye de faire des choses trop difficiles pour soi. Quand on est illégitime. J'espère que ça ne se voit pas sur mon visage. Je lui dis que Pierre François Moreau sera là aussi pour lui poser les questions. Nous terminons l'entretien en prenant rendez-vous pour la semaine suivante dans un studio d'enregistrement. Il me raccompagne à l'ascenseur.

Debout sur le palier, en attendant l'ascenseur, encore mortifiée, je lui dis : Tout de même… Pourquoi m'avez-vous raconté cette histoire ? Quelle histoire ? Mais celle du petit chien et de l'éléphant ! Ah oui, oh parce qu'elle est drôle et puis elle décrit bien la situation, vous ne trouvez pas ?

Soudain, il s'arrête de parler, me regarde, et dit : Mon Dieu ! Vous avez pensé que vous étiez le petit chien et moi l'éléphant ? Bien sûr. Mais non pas du tout ! Le petit chien, c'est moi ! L'éléphant, c'est Spinoza ! Vous vous rendez compte que je vais, à la radio française, critiquer l'immense Spinoza ? Qui suis-je pour faire une chose pareille ? Et vous…

Alors il m'a prise dans ses bras et il m'a embrassée.

Il y est allé fort la semaine suivante, dans le studio d'enregistrement – c'est que Spinoza, dans le *Traité théologico-politique*, y va fort aussi. Il critique et même il ridiculise les exégètes bibliques, il dit : comment peut-on écrire des choses pareilles ? Comment peut-on écrire que Dieu est un feu, et un peu plus loin, que Dieu est jaloux ? C'est un feu ? Il est jaloux ? Comment ça un feu, comment ça jaloux ?

D'une voix un peu bredouillante mais ferme, Lévinas dans le studio d'enregistrement dit que Spinoza ne devait pas connaître grand-chose au Talmud pour critiquer les exégèses juives comme il l'a fait.

«*Spinoza passe dans sa biographie légendaire pour un connaisseur de tous les secrets des Écritures juives. Mais il est très probable que Spinoza, connaisseur de la Bible elle-même, connaissant l'hébreu, puisqu'il a même écrit une grammaire très importante de la langue hébraïque, connaissait beaucoup moins le Talmud qu'on ne le dit.*»[8]

(…)

«*Spinoza a-t-il jamais entendu la bonne façon de talmudiser?*»

Car, dit Lévinas, Spinoza parle du Talmud comme si c'était un texte écrit, un texte gravé dans le marbre une fois pour toutes. Alors qu'avec la tradition juive, on est bien plus dans la parole que dans l'écriture – dans la discussion, dans la controverse, dans l'échange verbal.

«*Je ne peux pas vous exposer ce qu'est le Talmud. Je rappellerai seulement sa structure unique en son genre. Il maintient les problèmes à l'état de discussion. Des thèses s'opposent en lui et restent cependant les unes les autres, selon sa propre expression, paroles de Dieu vivant.*»

(…)

«*Selon l'apologue talmudique, ce qui s'enseigne à l'école de Rabbi Akiva serait incompréhensible à Moïse, mais serait cependant l'enseignement de Moïse. Selon un autre apologue, la Torah, c'est-à-dire la vérité, la révélation, n'est plus au ciel, mais dans les discussions des hommes.* »

Et, poursuit Levinas, ces discussions produisent un sens qui n'est jamais univoque, qui est susceptible de mille lectures – un sens qui bouge, se fait se défait et se transforme et s'enrichit ou s'appauvrit au fil des discussions et des générations.

« *Il y a une polysémie du sens et le verbe est comme le marteau qui frappe le rocher en faisant jaillir d'innombrables étincelles.* »

(…)

« *L'écriture comme écriture comporte un appel à la postérité à travers le temps. L'exégèse serait précisément la possibilité pour tout une époque d'avoir un sens pour une autre.* »

(…)

« *Ce qui, de plus, nous rend intelligible que du spinozisme lui-même, il peut y avoir de nombreuses interprétations qui n'excluent pas, mais qui attestent sa vérité.* »

Pensée malicieuse que celle de la multiplicité des interprétations du spinozisme lui-même. Puis Levinas lui accorde tout de même un point à propos d'une idée qui prolonge, selon lui, avec justesse la pensée juive : l'idée spinoziste de l'amour intellectuel de Dieu.

« *C'est ignoré dans le monde non juif, et souvent dans le monde juif, que l'expérience religieuse par excellence n'est pas pour le juif le fait de se trouver en face de Dieu, le tutoyer ou lui dire vous, peu importe, ce n'est pas la prière qui est l'expérience de la plus haute piété. La plus haute piété, c'est la proximité de Dieu dans l'étude de la Torah. Selon l'expression que j'ai trouvée récemment chez un religieux : c'est quand je fais du Talmud que je sens Dieu derrière moi en train de s'intéresser à ce que je fais.* »

(…)

« *Dans l'idée spinoziste de l'amour intellectuel de Dieu, ce n'est pas le dialogue qui est essentiel, c'est l'acte intellectuel. Il y a là quelque chose où Spinoza prolonge ou devine un moment essentiel de la religion juive.* »

J'entends la voix d'Emmanuel Lévinas, son accent yiddish ; et je souris de le sentir à la fois intimidé, ému, ferme et conscient de son audace, dans ce match à travers les siècles. Je nous revois impressionnés en face de lui dans le silence du grand studio de la Maison de la Radio, nous demandant ce qu'aurait répondu le grand Spinoza à cet insolent interlocuteur.

L'année dernière, me promenant par une belle journée de printemps au cimetière de Pantin, où les arbres sont immenses et le ciel splendide, j'ai vu qu'Emmanuel Lévinas reposait là, et j'ai déposé en passant, trois petits cailloux sur sa tombe.

3.
DEVENIR HABILE

Combien les multinationales sont prudentes dans leurs écrits. Comment j'ai appris à écrire à coups de pied au cul. Comment ce sont les juniors qui écrivent les textes les plus longs. Comment j'ai commencé par écrire des phrases viriles et martiales. Combien il est formateur d'admirer. Comment la rhétorique permet de mentir. Comment j'ai inventé un mot du dictionnaire. Comment les rédacteurs publicitaires ont une morale. Comment il faut se méfier de l'habileté. Comment trop souvent l'adjectif triomphe. Comment il faut bien réfléchir avant d'écrire sur de la sauce tomate. Comment la pornographie est plus efficace que l'érotisme. Comment j'ai appris le cinéma. Combien j'ai aimé le montage. Hommage à quelques auteurs anonymes. Comment on peut se prendre pour Roland Barthes *ou* Francis Ponge *en écrivant sur du papier toilette. Comment la ponctuation change tout. Quel peut bien être l'avenir de l'écriture. Comment une grande habileté est encore pire qu'une petite. Comment écrivent les vrais écrivains. Comment* Kafka *m'est complètement sorti de la tête. Comment écrire une plaque commémorative peut donner lieu à de grandes engueulades.*

Au milieu du film, il y a une démo.

L'écran est coupé en deux par une ligne verticale. De chaque côté est disposé un linge. Sur chaque linge, une grosse tache de chocolat.

Puis la lessive a lieu, représentée par une vague qui balaye l'écran et disparaît. À gauche il reste une trace, à droite plus rien (comme dans les westerns : à gauche le mal, à droite le bien).

« Quand les autres lessives laissent des traces, avec Ariel c'est impeccable » dit la voix off.

Ici, intervient le service juridique d'Ariel qui certes est d'accord pour communiquer qu'Ariel est la meilleure lessive, mais ne peut pas se permettre d'être accusé par Skip de publicité mensongère. La voie est étroite.

« Les autres lessives », on peut nous dire que c'est trop vague, préviennent les avocats. Les très bonnes lessives ne laissent pas de traces, Skip n'en laisse pas non plus, c'est le tout-venant de la lessive, qui laisse des traces.

Très bien, dis-je, alors disons plutôt : « Quand les lessives classiques laissent des traces… »

Oui, hésitent les avocats, ce ne sont pas toutes les lessives classiques non plus, qui laissent des traces, certaines n'en laissent pas.

Dans ce cas, concédé-je, on pourrait dire : quand « des » lessives classiques plutôt que « les » lessives classiques, vous voyez cela dit exactement ce que vous voulez dire : pas toutes.

Subtil, disent les avocats.

N'est-ce pas ? réponds-je assez satisfaite de ma proposition talmudique, et ça a l'avantage de n'être pas plus long.

Un peu trop subtil, disent-ils. Il faudrait trouver moins fin.

Quand « certaines » lessives classiques, proposé-je la mort dans l'âme ?

Beaucoup mieux, disent les avocats. Pourrions-nous ajouter « peuvent », tentent-ils ? Quand certaines lessives classiques peuvent laisser des traces ? Parce que vous comprenez…

… Oui on n'est jamais trop prudent, dis-je un peu lassée. Mais enfin c'est vrai ou ce n'est pas vrai qu'Ariel est une meilleure lessive que les autres ? On est en train de mentir ou pas ?

C'est vrai dans certaines conditions, pas dans toutes.

Dans quelles conditions ?

Hé bien, sur les taches de chocolat essentiellement. Pour les autres, les taches de sauce tomate, d'huile, de myrtille, de sang, c'est beaucoup moins vrai. C'est d'ailleurs pourquoi il faudrait ajouter…

… Vous voulez ajouter : « Sur les taches de chocolat » ?!

Oui, et puis il y a la température, il faut au moins 40° pour que ça marche.

Arrêtez, dis-je, on ne peut pas remplacer « quand les autres lessives laissent des traces », par « quand certaines lessives classiques peuvent laisser des traces sur les taches de chocolat à 40° ». Vous voyez bien, c'est beaucoup trop long, et qui vous croira si vous prenez autant de précautions ? Vous ouvrez trop de parapluies. Et enfin, quel est l'intérêt d'une lessive qui ne lave que les taches de chocolat ?

Après négociation, nous tombons d'accord pour enlever à l'audio « sur les taches de chocolat à 40° », et les remplacer par les mots « tache de chocolat », écrits sur l'écran, avec une flèche dirigée vers la tache en question, et une petite pastille 40° dans un coin en haut – ce qui n'ajoute pas à l'élégance de la chose.

Personne ne vous enseignera à écrire pour la publicité. Vous apprendrez sur le tas, en mimant, en croyant avoir compris, en vous trompant, dans l'aveuglement. Vous ramerez. Vous passerez des jours et des nuits à essayer de repérer où – quelque part entre Spinoza et Oui-Oui – se situe le point exquis de la publicité, sa joliesse à elle, sa profondeur à elle, son sens du paradoxe. Entre le « complètement idiot » et le « beaucoup trop compliqué », il y a peut-être la possibilité d'une émotion.

Personne ne vous l'enseignera, car le milieu est rude.

Pourtant, un jour de noyade, vous rencontrerez dans un ascenseur votre directeur de création. Il est féroce. Il vous demandera où en est ce texte que vous avez recommencé quinze fois. Vous balbutierez. Il vous dira que vous n'avez pas encore compris. Qu'il faut l'écrire comme on tire à la mitraillette. C'est un conseil (il en donne peu, ce n'est pas une nounou) : même si vous le trouvez ridicule (à la mitraillette ! pfff !), ayez l'humilité de le suivre.

Remettez-vous devant votre table, récrivez votre texte, en enlevant les détours, les surcharges, les mignardises, les adjectifs inutiles. Faites des phrases courtes. Avec des points. Bannissez le point-virgule.

Le texte ira droit à l'essentiel. Il aura de l'allant. Il sera bon.

Vous vous direz que cette brute vous aura au moins appris qu'un texte ne s'écrit pas dans le génie, qu'il se travaille.

Body-Copy

Imprimées en corps 6, écrites par des auteurs
S comme Séduction… Ou comme Sport ? En
anonymes, lues par 5 % des lecteurs, et encore,
fait, elle séduit parce qu'elle est sportive, parce que
la plupart du temps on ne les lit pas en entier :
son moteur 1800 cm3 de 90 ch est magnifiquement
ce sont les body-copies, vous savez, ces textes
nerveux, parce qu'elle a des démarrages somptueux
écrits en tout petit dans un coin des annonces pu-
(de 0 à 100 en moins de 11 secondes) et des re-
blicitaires. Leur taille discrète, leur position mo-
prises fulgurantes, parce qu'elle est souple, docile,
deste, leur valent d'être souvent confiées aux ré-
parce que la conduire est un plaisir rare… D'au-
dacteurs débutants pour qui elles sont une sorte
tant plus que son équipement raffiné ajoute à son
d'épreuve initiatique. Elles en ont découragé et
charme : compte-tours, volant sport, 2 rétroviseurs
fait pleurer plus d'un. C'est seulement lorsqu'ils
extérieurs réglables de l'intérieur, clignotants laté-
auront fait leurs preuves avec les body-copies,
raux, sièges sport, console centrale, allume-cigares,
qu'ils auront le droit d'aborder les titres, compo-
montre à affichage digital… Oui elle est belle, oui,
sés seulement de quelques mots, voire l'absence

elle a un charme ravageur, oui, vous avez terrible-
totale de mots. En somme un bon rédacteur
ment envie d'elle, de sa puissance, de sa fougue,
publicitaire commence par écrire des tartines
de sa beauté. Oui, vous allez rouler en Golf 90S et
avant d'accéder ultimement à l'intelligence, à
oui ! vous aimerez vraiment ça ! Je roule en Golf et
l'élégance suprême du silence.
j'aime ça.

Catch Lines

L'une de mes premières missions, en tant que rédactrice publicitaire, a été d'écrire des *catch lines*.

La *catch line* est la petite phrase qui, sur une affiche de film, accompagne l'image, éveille la curiosité du passant et lui donne envie d'aller le voir toutes affaires cessantes.

C'était une manière de bizutage. Il allait de soi que j'étais une fille, qui lisait plutôt des livres, qui n'allait pas voir des films de guerre, de boxe ou de bagnole. Les affiches montraient des muscles, des tatouages, de la sueur et des armes.

Brève, virile, une *catch line* devait « en avoir ». La *catch line* de Robocop : « 50 % homme, 50 % robot, 100 % flic » était mon modèle absolu. Mais d'autres me semblaient dignes d'admiration, comme par exemple « Il arrive en ville avec quelques jours à tuer » (Prédator), « La taille ça compte » (Godzilla), le très malin « Après cinq ans d'interdiction » pour Massacre à la Tronçonneuse, et toutes ces merveilleuses phrases pour films d'horreur : « Scream now while there's still room to breathe », « The lucky ones die first », et le terrifiant : « Dans l'espace personne ne vous entend crier » (Alien).

C'était un exercice difficile. Je voyais d'abord les films en projection privée et confidentielle, dans une salle de cinéma à l'heure où celle-ci était disponible. J'ai ainsi vu toute seule, à moitié réveillée, à 8 heures du matin, en anglais sans sous-titres, une quantité de blockbusters américains, en prenant des notes avec sérieux. Puis je me mettais au travail. J'écrivais avec application des pages de phrases martiales, à l'aveugle, sans savoir – en espérant juste de toutes mes forces que ça irait. (J'ai compris plus tard, que plus on écrivait, plus c'était le signe qu'on ne savait pas. À la fin de ma carrière de publicitaire, je n'écrivais que quelques mots, et ils étaient bons. À l'époque, je remplissais des cahiers entiers de trucs qui n'allaient pas.)

Je ne me souviens pas des accroches que j'ai laborieusement rédigées alors. Pour *Les aventures du baron de Münchhausen*, une merveille pleine de fantaisie et d'invention, grand voyage dans le rêve et l'imaginaire, mon voisin de table, rédacteur plus aguerri que moi, avait écrit : « Fermez les yeux, le film commence ».

Mon cher ami Bernard Fayles se vantait parfois d'avoir écrit « *Il ne colle jamais* », la phrase que l'on peut lire sur les paquets de riz Uncle Ben's. C'est sans doute, disait-il, l'une des phrases les plus lues de la langue française, et personne ne saura jamais que c'est moi qui l'ai écrite.

J'ai admiré Dominique Marchand pour avoir écrit « *Si vous ne savez pas gagner d'argent avec vos mains, perdez-en avec vos pieds* » (chaussures Kelian) et « *Il vaut mieux être belle et myope que myope* » (lunettes Mikli).

J'ai admiré Marc Labrosse pour avoir écrit à propos du Loto : « *100 % des gagnants ont tenté leur chance* ».

Je ne connais pas son nom, mais j'ai admiré le gars qui, à la parution de Sade dans la Pléiade a écrit : « *L'Enfer sur Papier Bible* ».

Et celui qui a écrit, pour vendre je ne sais plus quelle frivolité de Dior : « *Pour toujours et surtout pour tout de suite* ».

J'ai beaucoup admiré Florence Bellisson pour avoir eu l'idée de remplacer, sur les boites de conserve de tomates du Monoprix, la photo traditionnelle de tomate par le mot *tomate* écrit en rouge.

J'ai admiré Juliette Novak qui a écrit « *Ce four tient dans un canard* » (sur une pleine double page centrale du journal Le Monde, une photo grandeur nature du four. Il s'agissait d'en vanter la petitesse).

J'ai admiré Gérard Juloux pour avoir écrit : « *Et c'est ainsi que les dieux découvrirent que sur la terre il y avait des hommes…* »

J'ai admiré Anne Jambert pour avoir fait dire, dans le film pour l'anti-dépoussiérant Plizz : « *Et c'est tant mieux parce que je ferais pas ça tous les jours !* » à la dame qui vient de nettoyer une table de réunion immensément longue en glissant dessus à plat ventre, tout du long, sur des mètres et des mètres.

D'autres avocats voulaient absolument me faire écrire « *le goût chocolat* ». Le bon goût chocolat ceci, le délicieux goût chocolat cela.

Je disais : ce n'est pas français, on dit le goût de chocolat. Et je renvoyais le texte réécrit : Le bon goût de chocolat. Il me revenait corrigé : Le bon goût chocolat.

Mais enfin pourquoi ?

Parce que, me dit-on, goût de chocolat, ça veut dire qu'il y a du chocolat dans le produit.

Et goût chocolat ça veut dire qu'il n'y en a pas ?

Disons…

En fait, la vérité, c'est qu'il n'y a pas de chocolat dans votre chocolat ?

C'est-à-dire qu'il y en a si peu…

Mais vous savez, en français, goût chocolat c'est seulement incorrect, ça ne dit pas qu'il n'y pas de chocolat, ou presque pas de chocolat.

Oui mais…

Mais c'est un accord pris entre…

Une tolérance…

Je pourrais…

Il vaut mieux laisser tomber.

La bouloche

Peu de gens peuvent se vanter d'avoir enrichi la langue française d'un mot nouveau. Or je l'ai fait – du moins j'ai, par mon entêtement, largement contribué à le faire. Dans le Petit Robert de 1995, ce mot n'existe pas encore. Seul apparaît le verbe « boulocher », *de boule et -ocher : se dit de tricots de laine, de tissus, qui à l'usage forment de petites boules de fibres en surface* – mais pas le nom.

La bouloche donc. C'est un mot modeste, un mot de la vie quotidienne, un mot pour dire l'usure. Les bouloches sont ces petites boules qui se forment à la longue sur un pull ou sur un tee-shirt parce que vous l'avez trop lavé ou trop porté, parce qu'il est devenu vieux tout simplement.

Vous voyez sûrement ce que je veux dire, car il désigne une sensation que tout le monde a eue un jour, sans pouvoir la nommer. Une toute petite impression du bout des doigts, accompagnée d'un regret. Un silence qui porte enfin un nom.

En publicité cela s'appelle un *insight* (c'est le destin de la publicité d'employer des mots techniques qui viennent de l'anglais) – et l'on sait que l'*insight* vaut de l'or. Quand une marque met la main sur un *insight*, l'acheteur se dit : je reconnais cela, je l'ai déjà vécu, c'est un peu pour la même raison qu'il aime Proust ou Francis Ponge. Il se dit : « mais oui, cette sensation silencieuse, cette minuscule déception, voilà enfin qu'elles portent un nom ! » Et il est reconnaissant à la marque qui a été capable de nommer quelque chose d'aussi infime, d'aussi intime – une chose du corps, une chose non dite. Pour avoir eu le talent de la repérer, cette chose, avec justesse et précision, la marque lui devient très sympathique.

Mais il y a plus : la bouloche n'est pas seulement une petite madeleine, c'est un problème. Elle abîme les vêtements. Alors imaginez qu'une marque, après avoir reconnu le problème avec une telle justesse, soit capable d'y apporter une solution ! Vous vous rendez compte ? La personne qui a commencé à reconnaître le problème dans ses intérieurs va être tout à fait prête à écouter la suite, à vous croire, sans être trop regardante sur les détails.

Car en vérité, Ariel ne peut évidemment pas débarrasser votre tee-shirt ou votre pull de ses bouloches. Tout au plus peut-elle les en préserver, ou plus exactement en retarder la formation. C'est-à-dire que si vous achetez un pull neuf et que vous le lavez exclusivement avec Ariel pendant des années, il pourra rester « comme neuf » plus longtemps. Ce qui signifie 1. Ne lavez votre linge qu'avec Ariel depuis le premier jour, puisque les autres lessives ne préservent pas des bouloches (plus exactement ne disent pas qu'elles le font) et 2. Lavez-le longtemps, tout le temps, toute sa vie.

Commercialement, on ne peut pas faire plus fort. C'est immense, d'être le seul garant de votre linge depuis sa naissance jusqu'à sa mort qui arrivera le plus tard possible. C'est immense de retarder la mort de quelque chose que vous aimez.

Évidemment, en termes de rédaction, si l'on veut que cette promesse lyrique respecte au minimum la loi contre la publicité mensongère, cela demande quelques contorsions. Ariel est la seule à le faire, mais les autres lessives le font tout de même un peu – et puis le fait-elle vraiment ? Combien de temps exactement le fait-elle ? Et le fait-elle si bien que ça ? Longues discussions avec les avocats du service juridique.

Nous avions saisi le mot bouloche à la volée dans les propos d'un groupe de consommatrices qui parlaient de linge et de lessive. Quand ce mot a surgi, j'ai tout de suite pensé : voilà, c'est ainsi qu'il faut dire. Et étant chargée d'écrire les textes pour lancer le nouvel Ariel, très naturellement je l'ai utilisé dans toutes les copies. Or les textes me revenaient corrigés, amendés, réécrits, rewrités. « Bouloche » était oublié, enfoui, remplacé par « petites boules » ou « peluche » – et à chaque fois, je le désenfouissais.

C'est un métier où l'on doit avoir la patience d'écrire et de réécrire, de recommencer sans cesse ; les textes sont en proie à tous les commentaires, à toutes les tentatives d'amélioration ; sauf entêtement tenace, ils ne demeurent jamais tels que vous les avez écrits dans un premier jet. Pour la bouloche, je me suis entêtée. Et un jour, arrêtant ce jeu d'allers-retours silencieux, officiellement, nous avons pris la parole pour défendre la bouloche.

Il y avait des arguments : bien que sans doute très ancien, le mot était neuf, il représentait donc la nouveauté (à part les quelques dames qui l'avaient prononcé dans le groupe de consommatrices, personne ne semblait le connaître), on connaissait peluche mais pas bouloche, c'était suffisamment proche de peluche pour que l'on en comprenne le sens, mais suffisamment éloigné pour qu'on en soit joyeusement surpris ; il était sympathique, ludique, sonnait très familier et bon enfant, tout le monde savait (exemples à l'appui : fastoche, caboche, cinoche) que la terminaison en -oche était sans façon, avenante, bref, on pouvait bien l'aimer. Les discussions ont été sérieuses, les présentations étayées, et tout a été fait en conscience, le mot avait été testé auprès de plusieurs groupes de consommatrices. La décision de lancement a été prise par une audacieuse et visionnaire directrice de marketing d'Ariel France, qui se rendait compte de la gravité de son acte, en un certain jour de 1995.

À vrai dire, il y avait tout de même en haut lieu à Cincinnati, des responsables de Procter et Gamble Monde pour douter et ne pas avoir envie de faire preuve d'audace avec la langue française. C'était tout de même des millions qui étaient en jeu.

C'est pourquoi, dans le film destiné à lancer le produit Ariel anti-bouloche – la présentatrice prononce les deux mots : peluche et bouloche. Prudence de multinationale.

La première occurrence du mot *bouloche* se trouve dans le Petit Larousse de 1997.

Agréable, confortable, sain, bon, bien, fiable, nourrissant, luxueux, pratique, fort, doux, raffiné, moelleux, irrésistible, facile, naturel, naturellement riche en calcium, propre, simple, frais, rigolo, durable, libre, amincissant, spacieux, fondant, onctueux, viril, mousseux, juste assez sucré, varié, gai, performant, hautement performant, délicieux, solide, croquant, croustillant, vitaminé, rapide, convivial, familial, silencieux, essentiel, visiblement équilibré, efficace, à l'ancienne, discret, secret, chaleureux, parfumé, résistant, absorbant, brut, élégant, désinfectant, riche, économique, pénétrant, vrai, moderne, corsé, au feu de bois, appétissant, léger, tonique, fiable, hydratant, réhydratant, fluide, non-gras, pétillant, désaltérant, rafraîchissant, chocolaté, démêlant, reconstituant, protecteur, énergétique, durable, compact, écologique, nouveau, adapté, hypoallergénique, restructurant, actif, tendre, authentique, véritablement authentique, imperméable, enrichi, épais, savoureux, exquis, délicat, fine, légère, renforcé, adouci, polyphosphaté, blanchissant, spécial, spécifique, original, unique, exclusif, résistant, humain, rationnel, cher, intime, affiné, crémeux, pauvre en lipides, éclatant, lumineux, épanoui, propre, impeccable, impeccablement propre, responsable, durable, écologique, sans gluten, bouclant, fixant, aérodynamique, design, antiâge, antigras, anticalcaire, antichute, antifuite, antisoif, antidesséchant, voluptueux, simplifié, décontracté, décontractant, relaxant, humecté, sauvage, blanc, plus blanc, encore plus blanc, plus blanc que blanc, apaisant, reposant, doué, généreux, familial, déterminé, nerveux, pur, pendulaire, sportif, intense, compétitif, classique, basique, souple, envoûtant, satiné, gourmand, enfantin, racé, intégral, microcellulaire, surpuissant, amélioré, vivifiant, revivifiant, vital, extraordinaire, sublime, inépuisable, inoubliable, incomparable, inégalé. Parfait.

– Cher client, asseyons-nous et voyons ensemble : que voulez-vous que j'écrive sur votre sauce tomate ?

– Hé bien, qu'elle est délicieuse, qu'elle est faite avec de bonnes tomates bien mûres, qu'elle vient d'Italie, qu'elle est pratique, et qu'elle permet de joyeuses réunions entre amis.

– Tout ça ? En trois mots et une image ? en 20 secondes ?

– Et il y a aussi cette nouvelle recette à l'aubergine…

Le simple ne viendra qu'au bout d'une longue élaboration. Le simple est un concentré d'intelligence qui prend le risque de passer pour de la bêtise.

Je sais maintenant quand un texte est beau, quand il est costaud, quand il est virtuose, quand il est puissant, quand il est pâteux, ou superficiel, ou peu sincère, quand il est mauvais.

Je sais qu'il vaut mieux écrire sec. Raccourcir, couper.

Aller droit à l'essentiel.

Être très précis. Pas de choses vagues, pas de généralités. Plus un texte est précis, plus il est juste. Plus il est fort.

Plus on dit des choses personnelles, plus on a de chances de toucher à l'universel. C'est indispensable de parler au plus près de soi – voire même de raconter sa vie.

Faire en sorte que l'on sache très vite de quoi l'on parle ; c'est plus honnête et plus efficace.

Justesse – est le maître mot.

S'il y a un problème dans ce que l'on a à écrire, s'il y a quelque chose de pas tout à fait juste, un petit mensonge, une erreur, il ne faut pas essayer de camoufler la faille. Nommer le problème dans le texte. Ne pas faire « ni vu ni connu je t'embrouille ». Si je ne sais pas ce qui est à dire, le dire. Si je ne sais pas comment le dire, le dire.

Ainsi ai-je mis tous mes efforts à donner à des textes publicitaires du charme, de l'esprit, et la tonalité la plus juste possible, en ne prétendant pas savoir ce que je ne savais pas, en évitant la langue de bois. C'est là que j'ai mis ma morale et mon honneur de rédactrice. Dans le bien écrit, bien conçu, dans le gracieusement pensé, filmé, dit, mixé.

Que ces publicités faites avec une morale d'artisan, rendent aimable une banque par exemple qui n'a rien, mais vraiment rien de moral, ou un biscuit sûrement trop gras et sucré, ou une crème antiride qui n'enlèvera jamais aucune ride, c'est le problème de fond de ce métier, que l'on fait la plupart du temps avec la plus grande sincérité.

Dans un moment de grande foi dans la rédaction publicitaire, nous avons réussi à persuader un client de produire un film pour un yaourt qui fasse naître le désir du spectateur sans montrer d'images, uniquement par la grâce des mots. Il s'agissait de *Folie's* de Danone, un chocolat viennois, chocolat dessous, crème chantilly dessus, dont l'image justement fait saliver quiconque l'aperçoit.

Cela se passe dans un train. Trois personnes qui viennent tout juste de faire connaissance se parlent, et même elles se disent des choses très intimes – on fait parfois cela dans les trains, avec des gens dont on sait qu'on ne les verra plus jamais – du moins c'est une figure littéraire acceptable que ces confidences entre étrangers.

Elles se racontent comment elles préfèrent manger leur chocolat liégeois *Folie's* de Danone, comme elles se raconteraient leurs préférences sexuelles. Le premier, un homme, celui qui a les désirs les plus directs, mélange tout simplement le chocolat et la crème chantilly, le deuxième un peu plus pervers ne mélange pas, il plonge sa cuillère dans la coupe de *Folie's* et il en ramène en même temps un peu de crème au chocolat et de crème chantilly. La troisième est une femme, à la beauté troublante : « Pour moi c'est un peu particulier. Je fais un trou dans la crème chantilly et je mange d'abord le chocolat et seulement après la crème chantilly qui a un goût plus discret, plus fondant… » Elle est saisie d'un petit émoi après avoir décrit sa préférence, comme les deux autres voyageurs – le plus émouvant étant le premier, celui qui mélange. À l'évocation de son plaisir, il ajoute rêveur : « Ça me fait penser à Clara ». « Votre femme ? » questionne aimablement sa voisine, « Non » répond-il d'un air de regret timide.

Nous étions convaincus que ces dialogues très « produits », évocateurs des sensations qu'ils pouvaient procurer, à la fois raffinés et terriblement gourmands – on en avait plein la bouche de ces textes –, pourraient faire naître un désir chez les spectateurs. Comme un texte érotique peut donner envie de faire l'amour, ceux-ci allaient à coup sûr donner envie à tout le monde de se précipiter au supermarché pour acheter des *Folie's* de Danone.

Au même moment, Chambourcy lançait *Le Viennois*, un chocolat liégeois, exactement le même produit que *Folie's* – dont la publicité extrêmement sommaire était constituée de l'image d'une cuillère qui faisait tourner la chantilly dans le chocolat sur un air de Valse de Vienne, gros plan de chantilly, gros plan de chocolat, hmm ! disait une voix, qui ajoutait : « *Chambourcy, oh oui !* »

De la pornographie donc.

Et de l'érotisme ou de la pornographie, à votre avis qui gagna ?

La pornographie bien sûr. *Folie's* a très peu vendu, et d'ailleurs le produit a été abandonné. En revanche Chambourcy a vendu des caisses et des caisses.

Des films donc. Après le son, l'image, après la radio, le cinéma, soit un vocabulaire, une grammaire, une autre langue, une autre écriture.

Je l'ai apprise sur le tas, avec autant de ferveur.

« *Toutes les joies, tous les soucis, toutes les peines du grand amour, on les retrouve en raccourci, dans les petites amours d'un jour* », chante Brassens. Mes petites amours d'un jour étaient des films de 30 secondes et j'y rencontrais les mêmes aventures, les mêmes étapes – scénario, découpage, décors, costumes, castings, mouvements de caméra, gros plans, lumières, focales, effets spéciaux, doutes et exaltations – que celles qui font un grand amour.

La principale différence est que la publicité exige des images parfaites, où il va de soi que les femmes sont jolies, les hommes musclés, les enfants mignons et les vieux, jeunes. Mais aussi le café doit y être mousseux, les crevettes idéales ; et que dire des radis, celui-ci est trop rond, celui-là a une bosse disgracieuse, celui-là serait bien sans ce long poil ; et combien de tranches de Bleu d'Auvergne faut-il découper pour tomber sur la disposition de moisissures la plus gracieuse ? Car c'est un monde merveilleux, celui de la publicité, un monde où le linge est toujours impeccable, où l'épaisseur de la tranche de saucisson est exactement ce qu'elle doit être, et où les gratins n'accrochent pas au fond des plats.

Montage

Par quoi commencer, qu'est-ce qu'on met après, où démarre la musique, comment vient la parole, plus long, plus court, plus fort, plus doux, quel rythme, combien d'images pour un silence, et quelle chromie, trop de vert ? moins de rouge ?

Donner de l'ordre aux choses, leur donner du sens, les rendre belles, drôles, violentes, tendres, intéressantes, se poser toutes les questions, n'avoir pas peur des plus bêtes, fabriquer de ses mains une réalité plus intense.

Je l'ai appris en faisant des petits films, mais cela m'est resté pour toujours. Plus tard j'ai compris qu'en me soulageant de la nécessité de vendre et du format des 30 secondes, je l'appliquerais à tout : une exposition, une émission de radio, un film, une broderie, un repas, un livre – partout je veillerais au rythme, à la fluidité, aux ruptures, à disposer des fragments discontinus avec assez d'écart et parfois de proximité, pour qu'entre eux le sens advienne. Et si ça ne va pas, on recommence.

Ainsi, de détail en détail, de décision en décision, le film se fait et la vie passe. Fondu au noir.

Peu à peu, j'ai pris de l'assurance. Écrire ne me terrifiait plus. J'étais même assez à l'aise. Je commençais à avoir, paraît-il, un joli coup de plume. On m'a persuadée d'écrire autre chose que de la publicité. De me réveiller tôt chaque matin pour faire quelques lignes, quelques pages.

J'ai commencé à raconter une histoire qui mêlait deux périodes et deux personnages qui ont compté dans ma vie en Tunisie. Mon père et un amant secret.

J'écrivais tous les matins.

Arrivée à une cinquantaine de pages, je les ai données à lire à Claude – lecteur ultime, confiance totale – qui m'a dit : « Il n'y a aucun bonheur d'écriture ». Et puis : « C'est pas que tu écris mal, tu as même acquis une petite habileté. Mais justement, c'est pire. »

C'est affreux une petite habileté. Il vaut mieux écrire rêche, maladroit, vrai, qu'enrobé, lisse et habile. Après la « platitude navrante » de mes dissertations donc, « une petite habileté ».

1992

Avant d'écrire un mot sur lui, le publicitaire aura été abreuvé de documents présentés sur PowerPoint (détestable format d'écriture) et il saura tout du papier toilette : son épaisseur (parfois sa double, voire sa triple épaisseur), son gaufrage, sa largeur, sa souplesse, sa résistance, sa douceur, son moelleux, sa solidité, ses capacités d'absorption. Il en connaîtra l'histoire, depuis les carrés de papier journal tenus par un crochet dans un coin des cabinets, le traditionnel papier de soie marron, jusqu'à la révolution du papier toilette non pas rugueux ni lisse, mais absorbant et agréable au toucher. Il apprendra qu'il se consomme en France 7 kg de papier toilette par an et par habitant contre 17 en Suède, et 20 aux États-Unis. Il ne s'étonnera pas de ces chiffres, car il saura que les Français consomment en général étonnamment peu de produits d'hygiène (mais énormément de parfums). À ce propos, après le papier de couleur, le papier recyclé, le papier décoré (de nuages blancs sur fond rose), il se passionnera pour le «concept» de papier parfumé. Connaîtra les parfums : lavande, fraîcheur des montagnes, fraîcheur des prairies, fraîcheur des vergers, auxquels il associera des couleurs : violet, pêche, blanc, vert. Il saura que le papier toilette se consomme plus volontiers en rouleaux (80 %) qu'en format plat (20 %), remarquera que la proportion est légèrement différente à Paris (70/30). Il se demandera pourquoi. Observera les dévideurs. Évoquera la vétusté des immeubles parisiens, mais l'énigme demeurera à ses yeux partiellement irrésolue. Il notera que le papier a souvent un côté lisse et un côté gaufré, et devinera la fonction de l'un et de l'autre. Il regrettera l'absence d'une étude plus poussée sur la façon dont chacun l'utilise – ceux qui le roulent en boule, ceux qui le plient, ceux qui entassent les feuillets. Il sera attentif à l'usage que lui-même en fait, questionnera ses proches. Il vérifiera s'il se déchire (ou pas) en dehors des pointillés lorsqu'on le tire. Il observera le rouleau de carton, sur lequel est fixé le papier, et saura qu'une marque va bientôt lancer sur le marché un papier révolutionnaire, sans ce petit rouleau de carton au milieu. Juste du papier enroulé sur lui-même. Il appréciera l'audace de l'idée, l'exploit technologique. Il en attendra les résultats sociologiques et commerciaux avec impatience. Bref, le papier toilette – objet humble entre tous – sera devenu son héros, le centre de toute son attention, l'objet de son talent. Il l'entourera d'idées, de mots, de savoirs, de sentiments, de rire et de rêve, de sensations, de lumières.

2019

25 années se sont écoulées et, à raison de 27 rouleaux vendus chaque seconde en France, il s'est passé beaucoup de choses dans le monde du papier toilette – objet et usage en perpétuelle évolution, dont le sort dépend de centaines de chercheurs, et de quelques visionnaires : la quasi-disparition du papier en format plat, battu à plate couture par le rouleau, l'apparition de la quadruple épaisseur, ainsi que celle, en 2008, du papier si épais qu'une seule feuille peut suffire, la disparition révolutionnaire du petit rouleau en carton au milieu, l'apparition du compact – un très gros rouleau correspondant à trois ou quatre rouleaux d'autrefois.

Ce dernier a lui-même entrainé l'invention du dévideur géant que l'on trouve dans beaucoup de cafés et autres toilettes publiques. Dire que cela a été un progrès, peut-être, pour le cafetier oui, une économie, mais pour le consommateur, c'est une difficulté intime : à cause de sa taille, le rouleau est plus difficile à entraîner. À cause du dévideur dans lequel il est emboité, l'accès au papier est compliqué – et surtout l'accès au bout du papier initial que l'on doit tirer pour en détacher quelques feuillets. La difficulté à l'atteindre, en tâtant à l'aveugle, en caressant le rouleau pour qu'en se déroulant (vers l'avant ? vers l'arrière ?) il laisse échapper de lui-même l'extrémité en question que l'on pourra saisir, et d'ailleurs, une fois qu'on l'aura saisie, sera-t-elle assez costaud cette extrémité, pour entraîner le reste ou se détachera-t-elle dès le premier feuillet ? Moment délicat, solitaire.

Il y eut aussi, en 2011, le tube de papier hygiénique jetable dans les toilettes, grande innovation, cinq ans de recherche, qui s'est rapidement retrouvé au centre d'une polémique, car ce tube vient alors encombrer les réseaux d'épuration d'eau – pour quel bénéfice ? Est-il si difficile de mettre les rouleaux en carton classique dans la poubelle de tri sélectif afin qu'ils soient recyclés ? Absurdité écologique.

Ce n'est d'ailleurs pas le seul point sur lequel les fabricants de papier toilette se sont fait retoquer : ils ont été accusés par Greenpeace de dévaster les forêts boréales, qui entourent le Pôle nord. Bien sûr, ils font appel à des sociétés qui replantent des arbres, mais celles-ci replantent surtout une espèce invasive de pin qui met en danger la biodiversité. Greenpeace demande aux fabricants « de faire le ménage dans sa chaîne d'approvisionnement et de se débarrasser de ses mauvais fournisseurs ».

Bref, comme tout le monde, le papier toilette s'est trouvé confronté aux grandes mutations et problématiques du temps – la principale étant la concurrence mondiale : le modèle impressionnant des toilettes japonaises qui proposent une très alléchante cuvette lavante et séchante, et celui tout aussi tentant, des toilettes arabes avec leur jet d'eau ajustable – qui annoncent tout simplement la mort de notre papier toilette – grand remplacement qui ne saurait manquer d'inquiéter les penseurs d'extrême droite.

En attendant, la dernière innovation est celle du papier toilette humide – qui d'une certaine façon, fait rêver.

Boire. Manger. Jouer. Rire. Dormir. Écouter. Contempler.

Mettez chacun de ces mots sur une image d'une simplicité paradisiaque. Boire sur l'image d'une fille qui renverse la tête pour recevoir en une giclée le lait d'une noix de coco dans une lumière merveilleuse. Manger, c'est une autre fille qui mord dans une mangue juteuse qu'elle porte à sa bouche des deux mains. Dormir, c'est vue d'un peu plus loin, de dos, une femme allongée sous un palmier, au bord d'une mer turquoise. À chaque fois un mot, une image. Et juste une marque : Club Méditerranée, avec un numéro de téléphone. Grande simplicité, très célèbre campagne publicitaire des années 80. Bien sûr, les photos sont belles (bien qu'elles aient subtilement vieilli : la coiffure de la fille, l'étalonnage des couleurs, la typo, ou peut-être simplement le fait qu'on les a beaucoup vues), mais ce qui empêche les annonces de vieillir, ce sont ces verbes à l'infinitif – mode non personnel, non temporel, ni singulier ni pluriel, mode divin en somme. C'est l'infinitif qui dit la nature, l'ordre, ce qui ne change pas, l'éternité. À y regarder de plus près, une autre chose est essentielle à cette campagne. C'est le point. Ce qui est écrit en haut de l'image, ce n'est pas « boire », mais

« boire. » Cela pourrait être « boire ! » après tout, et dirait l'enthousiasme, le plaisir à être là, cela tenterait d'être vendeur. « Boire. » est évidemment beaucoup plus fort. Cela rend la proposition paisible, sereine, sans discussion, et sans agitation. Cela s'impose. Voilà, boire, c'est ça. L'essence du boire, du manger, du dormir. Boire. Point.

Mais sans avoir besoin d'y regarder de très près, cet infinitif suivi d'un point date la campagne. Qui pourrait aujourd'hui vendre sans inquiétude l'éternité de la nature ? Son essentialité, son immuabilité ? Qui peut écrire tranquillement en 2023, sur des images paradisiaques « Boire. » « Manger. » On serait tenté de remplacer le point par un point d'interrogation plein de doute et de suspicion. Sur la même image, « Boire ? » Signé Greenpeace.

Ivan, ai-je demandé à Ivan, qu'est-ce que le digital a changé à l'écriture publicitaire ?

Il y a des changements qui sont des changements de société, m'a dit Ivan, et dont le digital n'est que le bras armé. Par exemple, la liberté orthographique.

La liberté ?

Oui. Aujourd'hui, les jeunes gens qui travaillent avec moi écrivent peu – ils préfèrent de loin la vidéo. Mais lorsqu'ils écrivent, ces jeunes-là s'affranchissent de l'orthographe. Ils disent : on a raté la marche de l'orthographe, et alors ? Est-ce que pour autant, on n'a pas le droit d'accéder à tous les métiers ? Est-ce qu'on ne peut pas être brillant tout en écrivant « les oiseaux chantes » ? (Sans compter qu'il y a de moins en moins d'oiseaux pour chanter). Qu'est-ce que cette société élitiste, cette aristocratie d'hommes blancs cultivés, qui laisse à la marge les acculturés, les handicapés, les pauvres, les sourds, les gros, les femmes, les vulgaires, les immigrés, les banlieusards, les idiots, les cancres, ceux qui n'ont pas capté la règle des participes ou qui s'en foutent. Est-ce que ça ne finit pas par faire une grande majorité tout ça ? Démocratisation donc.

C'est ainsi qu'assis devant le Canal de l'Ourcq, Ivan m'annonça la mort de l'orthographe.

Ah tu n'utilises pas encore les assistants vocaux? m'a dit Ivan, c'est l'avenir. C'est tellement plus simple de dicter que d'écrire soi-même. Tu parles et la machine écrit. Ça va plus vite. Ça écrit bien. Évidemment cela peut donner lieu à des malentendus si tu prononces mal, si tu dictes en français à un logiciel anglais par exemple, ou l'inverse, c'est comme les erreurs du correcteur orthographique, mais cela peut créer des textes magnifiques. Et les listes qui apparaissent quand tu cherches quelque chose sur Google? Regarde! Je lui donne un mot au hasard, je ne sais pas, je lui dis « bouton » tiens :

Bouton de chaleur
De fièvre
D'or
Sur la langue
Blanc
De manchette
Sur le corps
Sur le visage
De mercerie
Bouton poussoir
Gros bouton rouge douloureux

C'est beau non?

C'est ainsi que, tout en sirotant son café devant le canal, Ivan m'annonça la mort de l'écriture, et pendant qu'il y était, la naissance d'une nouvelle façon d'écrire de la poésie. Je me demandai ce qu'en penserait Jacques Roubaud.

Dans la même conversation, il m'annonça encore beaucoup d'autres avènements, et d'autres disparitions – comme celle de Renault par exemple, et de Peugeot, de Citroën, de Volkswagen : car de plus en plus ce qui compte dans une auto, ce n'est plus la tôle ni le caoutchouc, me dit-il, c'est le cerveau de la voiture, c'est l'informatique. Et à qui ferons-nous le plus confiance pour penser le cerveau de la voiture ? À Peugeot – qui a fait fortune comme fabricant de machines à coudre – ou à Google ?

Remarque, me dit Ivan, dans le digital, tous les deux ans ça change. Tous les 5 ans, le changement est radical. Si tu reviens me voir dans quelque temps, je t'annoncerai peut-être l'avènement du hiéroglyphe, ou le retour du rébus.

Une grande habileté

Les années passant, exerçant officiellement le métier de « rédactrice », j'ai appris à ne plus avoir peur de rédiger quoi que ce soit – texte publicitaire, lettre administrative, message d'amour, communiqué, *rewriting*, trois mots ou plusieurs pages, une nouvelle, un témoignage. J'ai appris à m'y lancer sans crainte, et même avec plaisir et gourmandise. À ne plus être aveuglée. À ne plus avoir honte si le texte n'est pas bon – juste continuer à le travailler.

J'ai compris que j'avais une tonalité particulière qui me ressemblait. Une très légère ironie qui m'appartient. J'ai compris qu'écrire était une ressource qui m'a fait gagner de l'argent. Qu'écrire était une arme qui pouvait me défendre et me faire gagner des causes – c'est peut-être ma seule arme.

Aujourd'hui, Claude me dit : « Tu écris depuis des années, tu sais travailler un texte, le corriger, le raccourcir, recommencer, lui donner une certaine tonalité, ou une autre, y mettre du charme, ne pas tomber dans les pièges. Tu as acquis une grande habileté ».

Or il est clair que pour Claude « une grande habileté », c'est très mauvais. Il y a des années déjà, il m'avait dit « Tu as une petite habileté, mais justement c'est pire ». Alors pensez, une grande !

Parfois il dit : « L’écrivain, c’est celui qui ne sait pas écrire. »

Par quelle étourderie ai-je pu choisir d'écrire sur l'écriture, sans penser une seconde à Blanchot, à Kafka, à Roger Laporte ?

La plaque commémorative

à Roger Kleman

En l'an 2000, l'agence de publicité pour laquelle je travaille quitte Levallois pour emménager rue du Faubourg Saint-Martin, dans un immeuble que le quartier appelle « l'immeuble Lévitan ». Monsieur Lévitan était un marchand de meubles, dont je connais depuis toujours la réclame, lancée par Marcel Bleustein-Blanchet, écrite par Robert Desnos, je sais même la chanter :

Bien le bonjour, M'sieur Lévitan, vous avez des meubles, vous avez des meubles, bien le bonjour M'sieur Lévitan, vous avez des meubles qui durent longtemps !

Le nom de Lévitan ne m'évoque alors que les débuts attendrissants de la publicité, et des meubles en ronce de noyer démodés. Quant à l'immeuble, je sais qu'il est abandonné, et depuis plusieurs années utilisé comme parking. Il est imposant et beau : cinq niveaux, une terrasse. Avant d'y emménager, nous allons le visiter plusieurs fois, grimpons à des échelles dans le noir, marchons dans les gravats, nous nous penchons dans le vide, la terrasse est grisante, on voit tout Paris, à 360 degrés. Des photos splendides sont faites, de ce lieu dans cet état. Les travaux laissent apparaître sur la façade une inscription : « aux classes laborieuses », cela fait sourire les publicitaires qui vont s'y installer. Ils apprennent que c'est le nom d'un grand magasin de tissus – l'immeuble a été construit pour l'abriter, et il est sans doute l'un des premiers de Paris à avoir été construit en béton pour entreposer des charges lourdes (raison pour laquelle sans doute il a plus tard été choisi par les nazis). Voilà. J'aime cet endroit, il est tout près de chez moi, je peux y aller à pied, ce qui est bien mieux que d'aller à Levallois, je l'ai vu sous tous ses états, d'abandon, de travaux gigantesques, et maintenant d'open space lumineux, calme, moderne.

Un jour, Maud me dit avoir entendu à la radio une émission sur ce lieu. Il s'y est passé des choses horribles pendant la guerre, me dit-elle sévèrement, comme si j'étais responsable et de l'oubli, et de la joie revenue.

Je recherche l'émission de radio, je me renseigne, et j'apprends ceci : pendant la guerre, la plupart des juifs ont quitté Paris – parce qu'ils étaient envoyés en camp de concentration, ou parce qu'ils s'étaient enfuis, ou cachés. Quittant Paris, ils ont quitté leurs appartements. « L'opération Meuble » organisée par les nazis, a consisté à vider tous ces appartements abandonnés précipitamment par les juifs, à y prendre tout ce qu'ils contenaient – et quand on dit tout, c'est vraiment tout, des meubles aux vêtements, des jouets aux casseroles, des papiers aux ampoules et aux fils électriques. Ces appartements étaient signalés (avec grande diligence) par les déménageurs parisiens qui proposaient leurs services pour les vider selon les directives précises des nazis. Cela a commencé par les œuvres d'art qui ont d'abord été entreposées au Louvre (je me souviens de photos de camions de déménagement *Bailly* dans la Cour Carrée), puis au Musée du Jeu de Paume (mille histoires sur le pillage des œuvres d'art par les nazis, bien entendu). Plus tard, d'autres endroits accueilleront des objets spécifiques, par exemple les pianos qui iront au Palais de Tokyo. Mais peu à peu le pillage s'étant élargi aux objets de la vie quotidienne, ils seront dirigés vers trois lieux : un entrepôt sur le quai d'Austerlitz qui a disparu depuis, un petit hôtel particulier du 16e arrondissement, rue Bassano, et le troisième, le plus important, l'immeuble Lévitan, était celui-là même, le nôtre, où jeunes publicitaires nous venions d'emménager si joyeusement, qui avait été « aryanisé » par les nazis. Monsieur Lévitan chassé, avec ses meubles épatants. Une affiche horrible représentait le juif Lévitan « l'accapareur », nez crochu, doigts avides manipulant des pièces d'or.

Dans cet immeuble donc, arrivaient les camions remplis d'objets volés aux juifs. Et pas quelques objets : des tonnes, des montagnes d'objets qui arrivaient sans arrêt. Il en était comme submergé.

Comme tout ce qui a été fait par les nazis, les choses étaient très méthodiquement organisées. Pour ne pas attirer l'attention des voisins ni provoquer d'agitation dans le quartier, les camions arrivaient de nuit et entraient dans le sous-sol. Toutes les fenêtres étaient fermées, calfeutrées de rideaux, personne ne devait savoir que l'immeuble Lévitan était devenu un camp. Car pour trier, réparer et emballer les meubles et les objets qui arrivaient là tous les jours, les Allemands avaient fait venir des gens de Drancy. Des juifs bien sûr, même si dans la terminologie nazie, il s'agissait de demi-juifs, ou de conjoints d'aryen, bref de juifs un peu moins juifs que les autres. Car il n'avait pas encore été statué sur le sort de ces demi-juifs, quarts de juifs, etc., de Drancy ; ordre n'avait pas encore été donné de les déporter à Auschwitz. Et c'est dans cette attente qu'ils étaient réquisitionnés pour travailler dans ces camps parisiens. Objectivement, c'était moins rude que d'être entassés dans un train et envoyés à Auschwitz (et c'est peut-être l'une des raisons – du moins leur raison à eux – pour lesquelles les anciens détenus de ces camps ont très peu parlé à la fin de la guerre).

À Lévitan, ils devaient cependant travailler dur, avaient interdiction stricte de sortir de l'immeuble, de se montrer ou d'ouvrir une fenêtre ; ils pouvaient, très exceptionnellement, aller de nuit sur la terrasse pour respirer un peu. Le règlement était on ne peut plus strict et au moindre manquement, celui ou celle qui avait désobéi était renvoyé à Drancy, direction les camps. Si bien qu'il y a eu un certain turn-over, en tout plus de deux cents personnes sont passées à Lévitan.

Les détenus travaillaient jour et nuit à mettre en caisses des chaussures, de la vaisselle et des poupées, à rouler des matelas, à retaper des radios, à trier ces montagnes d'objets qui n'en finissaient pas d'arriver, encore et encore, certains reconnaissant parmi eux des choses ayant appartenu à leur propre famille, une poupée, une casserole, et c'était déchirant. Une fois empaquetées, elles étaient envoyées en Allemagne, ces choses, par des trains partant de la gare de l'Est toute proche. Pratique.

Les plus beaux meubles, les objets les plus chics, étaient exposés dans une jolie mise en scène, à l'intention des dignitaires nazis qui venaient parfois en choisir pour eux-mêmes. Ce jour-là, les habitants de l'immeuble d'en face avaient ordre de fermer leurs volets, et s'ils ne le faisaient pas, des rafales de mitraillettes se chargeaient de les faire obéir vite fait. Si vous passez un jour devant le 85 rue du faubourg St Martin, regardez l'immeuble d'en face, on y voit les cicatrices des balles.

Que faire de cette histoire ? D'abord lire, s'informer, rencontrer l'association des anciens détenus, et les deux jeunes historiens qui ont écrit un livre sur la question, causer avec le pharmacien d'en face, qui est juif, et a vu des choses, mais s'est tu pendant toutes ces années. Et puis décider de faire une plaque commémorative. En parler avec mes patrons de l'agence, qui oui, comprennent et oui, veulent faire cette plaque.

C'est une aventure une plaque commémorative. Celle-ci m'a pris deux ans. Beaucoup de gens devaient y consentir – du propriétaire de l'immeuble au maire, du préfet à l'association des anciens détenus. Aussi vite que peut aller l'administration française, tout le monde finit par donner son accord, qui vient d'autant plus facilement que l'agence est prête à payer la plaque en question, à la fabriquer, et d'abord, à la rédiger.

Nous y voilà. Étant rédactrice, j'ai entrepris de la rédiger, cette plaque. Étant rédactrice publicitaire, je savais que pour être efficace et arrêter les gens dans la rue, le texte devait être bref, juste quelques lignes percutantes. Or vous avez vu, cela m'a pris cinq pages pour tout raconter. Et encore, je n'ai fait que résumer très succinctement ce qui s'est passé. Je n'ai pas indiqué une seule date, pas mis un seul nom de dignitaire nazi, aucun détail historique, aucune précision sur l'organisation, sur les camions de déménagement, sur les trains. J'ai juste tenté de raconter l'histoire le plus clairement possible.

Deux choses différentes étaient à décrire : le pillage des appartements d'une part, le « camp » Lévitan de l'autre. Comment résumer tout cela en quelques lignes ?

Entre juillet 1943 et août 1944, cet immeuble, alors magasin Lévitan, a servi d'annexe au camp de Drancy.

Ici les prisonniers étaient contraints de trier les meubles et les objets méthodiquement volés par les nazis dans les appartements des juifs.
N'oublions jamais.

Non sans tourner sept fois ma langue et mon crayon, j'ai écrit ces quelques lignes, qui tentaient de dire le plus possible avec le moins de mots possible. Puis je les ai fait lire à tous les gens qui devaient les valider – mon patron d'abord, lui-même rédacteur publicitaire, puis les deux historiens, puis les services de la mairie, puis ceux de la préfecture, puis la dame psychanalyste qui dirigeait l'association des anciens détenus de Lévitan.

Tout le monde a donné son accord.

J'ai alors (dans l'enthousiasme, j'ai tendance à me lancer bravement dans des entreprises pour lesquelles je n'ai absolument aucune compétence) consulté une entreprise de marbre. Puis demandé à un directeur artistique de l'agence de publicité de mettre en page le texte afin qu'il soit gravé.

Nous avions voulu innover en matière de plaque, de taille, de marbre, ne pas faire la même que celles que l'on voit dans toutes les écoles à Paris, noires avec des lettres dorées, non, la nôtre serait plus chic, en marbre blanc épais, lettres gravées d'un gris élégant, le panneau serait beaucoup plus grand, bref, un beau truc (en tant que publicitaires, nous avions des avis sur le design, le graphisme, des ambitions, et nous pensions pouvoir mettre de la modernité y compris à cet endroit. Or on ne s'invente pas spécialiste de plaque commémorative : au bout de quelque temps il est apparu que la pierre que nous avions choisie ne supportait pas la pollution qui la grignotait inexorablement et la maculait de longues traînées grises, le texte devenait peu à peu illisible, de toutes les façons le directeur artistique avait mal choisi la typo, un bas de casse rond pour ce texte-là, jamais de la vie ! non, cette plaque n'a pas supporté de ne pas être banale comme les autres, de ne pas être standard – d'ailleurs nous l'avons refaite. Mais nous y reviendrons).

Un temps infini a passé, pour mettre d'accord tout le monde, faire des devis, faire valider les devis (cela a coûté cher à cause justement du choix du marbre chic, 9 000 euros si je me souviens bien). Puis il a fallu fabriquer la plaque, avec d'énormes délais, la livrer, enfin organiser un rendez-vous qui permette de réunir tous les officiels pour le dévoilement. Deux ans vous dis-je. Mais nous y sommes arrivés.

Rendez-vous a été pris, c'était un jour de commémoration, peut-être des 70 ans de la fin de la guerre, je ne sais plus exactement, en tout cas c'était un dimanche matin. Le Faubourg Saint-Martin était vidé de toutes ses voitures, on a vu arriver de loin, depuis la gare de l'Est, une jeep roulant très lentement, dans laquelle se tenait debout un général (oui, sûrement un général) couvert de médailles. Musique militaire tonitruante. Devant l'immeuble, le maire avec son écharpe bleu blanc rouge, les gens de la préfecture, Rémi Babinet (le patron de l'agence), quelques amis juifs (il se trouve que ce sont surtout les amis juifs qui se sont déplacés ce matin-là), les deux historiens, l'association des anciens détenus de Lévitan, et aussi celle des anciens déportés du Xème arrondissement. Malgré la gravité de la chose, et la douleur de ce que nous avions à commémorer, tout cela me faisait penser irrésistiblement à une cérémonie de Babar à Célesteville.

La jeep est arrivée jusqu'à nous, le général et les anciens combattants porteurs de drapeaux anciens en sont sortis et nous ont encadrés, la musique militaire s'est arrêtée. Nous étions bien raides devant la plaque qui était recouverte d'un voile – deux ficelles en pendaient. Nous nous étions mis d'accord, l'une des ficelles était tenue par le maire, et l'autre par Rémi et moi, en tant que représentants de l'agence. Petit discours du maire. Et arrive le grand moment, nous tirons sur les ficelles, la plaque est découverte, applaudissements.

Alors on entend un hurlement. Quelqu'un crie de toutes ses forces. Les applaudissements sont suspendus, on essaye de comprendre d'où vient ce bruit et pourquoi. C'est un vieux monsieur, un petit bonhomme, qui hurle de rage et de colère. Tout le monde est saisi, certains semblent le connaître, d'autres non. Il s'appelle Addie Fouks, me dit-on. Que dit-il au fait, que dit Addie Fouks ? On essaye de comprendre.

Il dit : Ce texte est ignoble ! Il a été écrit par un antisémite ! On n'a pas le droit d'écrire des choses pareilles, c'est un scandale !

Antisémite ? Ce texte ?

Oui, hurle-t-il, et il pointe du doigt : « Ici les prisonniers ». C'est quoi ces prisonniers, c'est des Juifs qui étaient enfermés là. Des Juifs. Pourquoi ne pas le dire ? Il est très en colère, tout le monde hésite, ce n'est pas le moment de lui dire que puisque dans la ligne précédente j'avais écrit Drancy, j'avais pensé, sûrement maladroitement, sûrement à tort, que ça suffisait pour faire comprendre qu'ils étaient juifs, ces prisonniers, et puis il y avait cette histoire de terminologie nazie de demi-juif, bon non, ce point-là n'est pas défendable, non. J'ai mis du temps à comprendre qu'il avait raison, vraiment raison – que l'antisémitisme se cache dans ce genre de formulation, qui généralise, qui oublie. Qu'il faut mettre les points sur les i sous peine de banalisation, de négation. Pour le moment j'essaye juste de me défendre. Tout le monde est blanc, Maud et Daniel Kenigsberg, mes deux amis les plus juifs qui ont fait l'effort de venir un dimanche matin me regardent d'un air réprobateur, je n'ose pas rappeler que tout le monde a accepté ce texte, l'a validé, y compris la représentante des anciens détenus qui me regarde maintenant d'un air sévère, je suis au bord des larmes, le vieux monsieur est fou de rage, Rémi Babinet, très grand seigneur, dit alors : Mais si ça ne va pas, on va la refaire cette plaque.

Quelques jours plus tard, dans une salle de réunion de l'agence de publicité, nous sommes tous réunis pour réécrire le texte. La jeune historienne, deux personnes de la mairie, Addie Fouks, la psychanalyste qui dirige l'association des anciens détenus, peut-être d'autres personnes, je me souviens que la petite salle est pleine. Addie Fouks est arrivé avec le texte réécrit, et il est très long. Une discussion mot à mot s'engage. Et nous voilà tous pataugeant dans un problème de rhétorique qui pose toutes les questions d'efficacité du message, de sa justesse, de sa vérité. Comment susciter l'émotion ? Et est-ce l'émotion qu'il faut susciter ou plutôt tenter d'informer froidement ? Colère ou distance ? Nous nous sommes coltiné tout cela mot à mot, en parlant très fort, en étant tout rouge, très énervés les uns contre les autres. Honte à moi de m'être énervée contre un ancien déporté, et d'avoir pensé qu'il y avait aussi des cons à Auschwitz, honte à lui de m'avoir publiquement traitée d'antisémite (les gens de la mairie faisaient tampon ; ils connaissaient tous Addy Fouks, savaient qu'il se mettait facilement en colère). Je reconnais que l'engueulade sur le texte de la plaque commémorative a quelque chose de ridicule, de dérisoire, en même temps, cela a été pour moi une forte expérience d'écriture. C'est pourquoi je la raconte ici, avec un peu de honte, mais aussi en riant intérieurement. Cette aventure me rappelle « Voyages », le film d'Emmanuel Finkiel – dans l'une de ses séquences, un vieux couple s'engueule dans un autocar qui se rend à Auschwitz pour une visite commémorative, et puis un pneu de l'autocar crève, et puis on leur sert des plateaux-repas, bref, la vie continue et elle est dérisoire, mais attendrissante.

Moi, je voulais faire court et sec, lui, il voulait insister sur l'horreur de la chose. Il avait raison, mais en même temps cela m'apparaissait comme du pathos, je voulais que ce soit, par souci d'efficacité, pudique, bien écrit, élégant. Élégant ?! protestaient-ils tous, vous rigolez ? Il y a eu ce moment où nous avons examiné le membre de phrase : « les meubles et les objets pillés par les nazis dans les appartements des familles juives ». J'ai alors hésité : je ne suis pas sûre que l'on puisse dire que les meubles ont été pillés, ai-je dit, ce sont les appartements qui ont été pillés, pas les meubles. On s'en fout, me disent-ils, c'est bien comme ça ! Mais c'est peut-être une faute en français ! protestai-je. Et alors ? me dit la présidente de l'association des anciens détenus, vous ne croyez pas qu'il y a eu assez de fautes commises contre les Juifs pour qu'on ait le droit de faire une faute de syntaxe ? Mes cheveux se dressaient sur la tête (finalement le texte est resté comme ça, je crois que si faute il y avait, elle était acceptable)

C'est un drôle de dialogue où, à postériori, par moments je ne m'aime pas du tout : Addie fouks avait écrit « plusieurs centaines de Juifs », je lui dis en hésitant, il y en a eu 200. Hé bien 200, ça fait bien plusieurs centaines non ? L'historienne consultée se refuse à donner un chiffre exact – ce qui aurait été mieux – parce qu'elle ne sait pas dire s'ils étaient 203, 208, ou 211. Plus de 200 c'est sûr. On transige à « des centaines » qui comprend moins de signes typographiques, de même que « durant la période de l'occupation » devient « sous l'occupation ». Plus court.

Il y a eu aussi le passage disant « dont beaucoup furent ensuite déportés à Auschwitz » à quoi l'historienne a dit que ce n'était pas seulement Auschwitz, que si l'on voulait être exacts, beaucoup de détenus de Lévitan avaient été envoyés à Bergen-Belsen. Je me souviens d'avoir pensé très fugitivement : c'est long, Bergen-Belsen, ça va nous ajouter une ligne, mais heureusement je n'ai rien dit. Enfin, nous nous sommes longuement bagarrés sur la formule de fin : Addie Fouks voulait écrire « N'oubliez pas ce lieu de mémoire » qui ne me plaisait pas – qu'est-ce qu'un lieu de mémoire ? – et là je crois que j'avais raison. J'ai fini par l'emporter avec un « n'oublions jamais », qui me semblait plus simple et plus juste.

Quelle drôle de bagarre non ? Quelle empoignade. Sur des mots, sur de la rhétorique. Quelle quantité de pathos avait-on le droit d'utiliser, quelle vérité, quels mensonges ? Comment confronter ce texte qui disait un malheur, une grande douleur, un scandale atroce, des vies brisées, des meurtres, avec des contraintes techniques – nombre de lignes, nombre de signes, taille de la typo. Avais-je le droit de m'engueuler avec un type d'Auschwitz pour des raisons pareilles ? Un vieux bonhomme qui avait été déporté enfant, et s'en était sorti parce qu'ils étaient une bande de copains du 10e arrondissement ?

Pour finir, le texte est mieux – nous avons ajouté, « avec l'accord du gouvernement de Vichy » qui en effet méritait d'être dit, et puis « les familles juives », c'est juste aussi, ce n'était pas « des juifs », c'était des familles juives.

Sous l'Occupation, de juillet 1943 à août 1944, avec l'accord du Gouvernement de Vichy, cet immeuble, alors magasin Lévitan, a servi d'annexe au camp de Drancy.
Ici des centaines de Juifs, dont beaucoup furent ensuite déportés à Auschwitz et Bergen-Belsen, étaient contraints de trier les meubles et les objets pillés par les nazis dans les appartements des familles juives.
N'oublions jamais.

Oui. Sans aucun doute plus documenté, plus chaleureux, un peu long mais en fait nous avions la place. Celui que j'avais écrit était moins bon. Plus distant, moins précis, moins empathique, et surtout il y manquait le mot « juif » au bon endroit. Nous avons tous signé le document avec le texte définitif, Addie Fouks m'a donné un petit livre dans lequel il racontait sa vie, et j'ai vu qu'en effet, elle était impressionnante, sa vie. Nous nous sommes quittés bons copains. Il y a eu encore quelques allers-retours avec la préfecture, la mairie et tous ceux qui pouvaient avoir à redire. Il était entendu que cette fois les 9000 euros seraient partagés entre l'agence, la mairie, l'association des anciens détenus, et celle des déportés du 10e. Nous étions en 2005.

C'est seulement en 2011 que la plaque a été refaite. Le retard a été dû, en grande partie, à ce projet de partage d'argent. Rapidement tout le monde a oublié l'accord que nous avions conclu de payer tous ensemble. La première plaque avait eu le temps de s'abîmer considérablement, était devenue vraiment très moche, et de plus en plus difficile à déchiffrer. Miranda Salt, qui travaillait à l'agence, a pris un jour le problème à bras le corps, négocié avec la mairie (j'étais heureuse que ce soit elle, qui n'était pas juive du tout!). Et nous l'avons inaugurée de nouveau le 27 janvier 2011, à 17h30, à l'occasion de la Journée Internationale de commémoration en mémoire des victimes de l'holocauste, en présence du maire et de tous les acteurs concernés. Un nouveau maire, Rémi Feraud, avait remplacé le vieux Toni Dreyfus. Il fit un discours dans lequel il cita la phrase de Camus « mal nommer les choses, c'est ajouter à la douleur du monde ». Un très vieux monsieur était là, qui avait été détenu dans le camp Lévitan. Le vieil Addie Fouks aussi était toujours en vie. Il m'a prise dans ses bras et nous nous sommes embrassés.

La plaque est beaucoup plus belle. Dans un marbre plus simple et plus costaud, les voitures peuvent bien passer par milliers, elle résiste à la pollution. Nous avions fait des progrès en marbrerie. De même le texte, gravé cette fois en capitales, dans une Franklin Gothic LTCom demi condensée, est facilement lisible, élégant, se détache bien. Elle arrête les passants, beaucoup la lisent, lèvent la tête, regardent l'immeuble, avant de poursuivre leur chemin. L'agence a quitté le quartier depuis longtemps, mais la plaque est là, gardant le souvenir, tentant de nommer ce qui s'est passé d'innommable dans cet endroit pendant la guerre.

4.
AIMER, MOURIR, ÉCRIRE

Comment toutes les occasions sont bonnes pour raconter sa vie. Comment j'ai un texte érotique caché dans mon ordinateur. Comment un texte érotique peut cacher un texte pudique. Comment écrire une thèse en faisant l'amour. Comment il vaut mieux ne pas écrire le mot « agonie ». Comment il n'est pas facile d'écrire des condoléances. Comment la mort fait écrire. Pourquoi je n'écrirai plus jamais de discours de crematorium. Comment on n'en finit pas de corriger. Comment certaines questions restent toujours en suspens.

Les mois passant, après un premier texte sur l'exil, j'ai continué à être invitée par « la Faute à Rousseau » revue de l'Association pour L'Autobiographie, dirigée par Philippe Lejeune. La mission de cette association est fascinante : elle se propose d'accueillir les textes de toute personne écrivant – un journal, un récit, des souvenirs, des écrits de toute une vie – non pas pour les publier, mais pour les recenser, et les conserver. Chaque texte est lu au moins une fois, une note de lecture est faite avec beaucoup de sérieux, et précieusement envoyée à l'auteur, ou du moins à la personne qui a envoyé le manuscrit (qui peut être d'elle, ou de ses ascendants – récit de la guerre de 14 par son arrière-grand-père, journal intime de sa grand-mère, ou mai 1968 raconté par sa tante, etc.) Cela fait des caisses et des caisses de papiers, des centaines, des milliers de pages qui sont ensuite précieusement classées, conservées dans un entrepôt, à Ambérieu-en-Bugey, et mises à la disposition des chercheurs, avec l'accord des donateurs.

Je trouvais cette entreprise vertigineuse : toutes ces choses écrites avec ferveur, toute cette mémoire rassemblée. Et j'étais touchée par le bonheur des auteurs, d'avoir eu une – au moins une, et cela semblait suffire à les satisfaire – lecture sincère et sérieuse, sans jugement commercial, sans exclusion, sans refus. Untel avait écrit cela, et son texte était là, on pouvait le consulter, il était vivant.

La Revue « La Faute à Rousseau » rendait compte régulièrement des activités de l'Association, mais à chacune de ses livraisons, elle proposait aussi un thème, à des auteurs qui devaient répondre par un texte autobiographique inédit de 6 000 signes. Pour je ne sais quelle raison, j'ai fini par y être invitée régulièrement. Et ma foi, je ne ratais jamais une occasion de raconter un petit bout de ma vie, quel que soit l'angle proposé.

Un jour où le thème était « L'amour », j'ai envoyé un texte qui faisait 5 925 signes, espaces comprises – en tout cas sur le terrain du nombre de signes, j'avais gagné en maîtrise et en compétence. C'était mon deuxième texte publié en revue, je l'avais intitulé : « Il y a longtemps que je t'aime »[9].

« J'ai 4 ans. Nous venons d'emménager rue Courbet à Tunis, pas très loin du Belvédère où le dimanche nous allons donner du pain aux canards.

Mon père est mort depuis deux ans. Nous avons quitté Sfax où il est enterré, en partie pour échapper au chagrin de ses sœurs : elles fondent en larmes chaque fois qu'elles nous voient (il paraît que je lui ressemble, j'ai ses yeux). Et puis ma mère ne veut pas du destin que la tradition lui réserve – être, pour des années, vêtue de noir, suivre tous les enterrements juifs de la ville, vivre de la nourriture qu'on lui apporte, épouser un vieux veuf un jour.

Elle a 25 ans. Parce qu'elle s'est beaucoup occupée de lui quand il était malade, qu'elle a appris à faire les piqûres et connaît tous les gestes de soin, les deux médecins de mon père l'ont recommandée au dispensaire de Sfax, qui l'a engagée. C'est un dispensaire de l'OSE. Il y en a un aussi à Tunis, au milieu du ghetto juif – la Hara – haut lieu de misère, et de crasse, sordide, intensément vivant. Elle y est mutée. Là, elle s'occupe des femmes enceintes, des bébés, elle donne des cours d'hygiène, écoute toutes les histoires, reconnaît les sentiments, décide de commencer des études d'assistante sociale.

À la maison, elle s'exerce sur ma sœur et moi à faire des bandages – des pieds, des jambes, de la tête – rapidement nous ressemblons à des momies – nous rions beaucoup en même temps que nous nous faisons peur. Pour gagner un peu plus d'argent, elle coud – elle fait des manteaux, des robes. Elle a une machine à coudre Singer avec une pédale. Quand elle pique à la machine, j'aime glisser mon pied sur le côté pour pédaler avec elle – j'aime beaucoup aussi glisser ma main par en dessous pour rouler la semoule avec ma grand-mère quand elle fait le couscous.

Ma grand-mère vit avec nous, c'est elle qui fait à manger, qui s'occupe de ma petite sœur et de moi. Elle m'apprend à lire, à écrire, à compter et à faire les opérations jusqu'à la division. En somme, elle m'enseigne tout ce qu'elle sait. Ma sœur, qui n'a que trois ans, apprend aussi vite que moi, par-dessus mon épaule.

En dehors des disputes entre ma mère et ma grand-mère, la maison est gaie. Je commence l'école maternelle, j'apprends une berceuse en arabe, un jour l'institutrice nous emmène voir les mosaïques du Musée du Bardo. Je me souviens d'un oiseau.

Nous ne parlons jamais de mon père. N'y pensons pas. Aucune raison ne nous a été donnée de sa disparition. Je l'ai oublié. Je n'ai aucun chagrin. C'est un étranger. Je ne connais de lui que cette photo encadrée posée sur la commode de la chambre à coucher – qui ne me dit rien. Il est brun, il a des lunettes et un air grave. Je suis trop petite pour me rendre compte qu'il est jeune. Tous les vendredis soir, ma grand-mère prépare une veilleuse qu'elle dispose devant la photo. Dans un verre, elle met de l'eau, puis de l'huile d'olive qui monte aussitôt au-dessus de l'eau. Et elle façonne un petit morceau de coton pour en faire une mèche qu'elle pose sur l'huile. La veilleuse reste allumée toute la nuit, c'est comme un petit autel. (Une fois, une seule, la photo a pris feu : panique totale, cris et tremblements. J'ai l'impression d'un drame affreux, que nous avons toutes failli mourir, et la maison brûler. Pourtant la voici, la photo, je la tiens dans mes mains aujourd'hui, elle a une toute petite trace de brûlure en bas, à droite, sur son bord ciselé.)

Une ou deux fois par an, des hommes viennent chez nous, des vieux rabbins avec des grandes barbes, il y en a dix. Ils se mettent autour de la photo de mon père avec sa veilleuse, et ils font une prière. C'est comme ça, c'est la religion. Ça ne me plait pas beaucoup, cette intrusion, ces marmonnements entre hébreu et arabe, ces révérences. Pas plus que les larmes de mes tantes quand elles viennent nous rendre visite. Tout ce que je suis capable de ressentir alors, c'est un grand embarras. J'ai hâte qu'on passe à autre chose – au marchand de glace par exemple, qui crie de la rue, dans la chaleur de la sieste : "Frigolos tout glacés, chez Bebert !" ; ou à cet autre qui pousse sa carriole en chantant d'une impressionnante voix de basse en arabe : "Noires, noires, elles sont noires mes aubergines", qui me fait un peu peur ; ou au goûter que nous donne grand-mère l'après-midi : un grand morceau de pain et un tout petit de boutargue, qu'il faut faire durer jusqu'au bout de la tartine (parfois elle trempe simplement le pain dans de l'huile d'olive, et le saupoudre d'un peu de sucre).

Il y a deux pièces dans la maison. La chambre à coucher donc, avec son lit matrimonial dans lequel nous dormons à trois : ma sœur, ma grand-mère et moi. Dans l'autre pièce, salon salle à manger, ma mère dort dans un lit étroit, entre la machine à coudre, les livres, les bandes de crêpe et de gaze.

Une nuit, très tard, la maison est silencieuse, tout le monde dort. Et soudain une petite voix s'élève. C'est une voix d'enfant, qui chante en articulant chaque mot, distinctement : "il y a longtemps que je t'aime, jamais je ne t'oublierai." Cela réveille ma mère et ma grand-mère qui sont saisies d'effroi – à cause de la clarté de la voix, de sa force. Elle occupe tout l'espace de la maison, l'emplit d'émotion. D'où vient-elle cette voix ? C'est moi qui chante en dormant. Je chante tous les couplets de la chanson jusqu'au bout sans me réveiller. Il y a longtemps que je t'aime. Ma mère pleure.

Malgré l'évidence, beaucoup d'années ont passé avant que je comprenne que j'ai aimé mon père d'un amour absolu, que cette déclaration, cette promesse, c'est à lui que je les adressais. Et que cet amour a été le paradigme de tous les amours grands ou petits que j'ai pu éprouver dans la suite de ma vie – non sans complications : car j'ai eu tendance à aimer des hommes qui, comme lui, disparaissaient sans donner de raison – ou à en tenir d'autres à distance, pour éviter qu'ils ne meurent. »

Il serait bien normal que, recensant toutes les formes d'écriture auxquelles j'ai été confrontée au long de ma vie, j'y mette quelque texte érotique. Ce serait comme dans les films, au milieu il y a toujours une scène de cul – plus ou moins bien intégrée, plus ou moins ennuyeuse, ou longue, ou intéressante, ou esthétisante, ou moderne. Passage obligé, morceau choisi, prétexte pour le réalisateur d'évoquer telle pratique qu'il kiffe, comme on dit – tel cinéaste par exemple se débrouillait pour glisser au milieu de ses films une scène entre deux filles – toujours un peu maladroite, un peu ampoulée – ou une discrète allusion à la sodomie.

Il se trouve qu'un jour, j'ai écrit un texte érotique. J'étais alors prise dans une passion pour un homme, qui me bouleversait, me procurait plaisir et douleur à la fois, avec une grande intensité de plaisir et une grande intensité de douleur. Car parfois il était là, et parfois il disparaissait. Dans les moments de son absence où je l'attendais de toutes mes forces, je me suis mise à écrire – pour faire quelque chose de cette énorme énergie monomaniaque qui me mobilisait tout entière, pour qu'il soit encore là à côté de moi, pour que ces moments de la nuit ne s'arrêtent pas avec la nuit. J'écrivais pour m'exciter, pour me consoler, pour me réjouir, pour l'attendre, c'était devenu une sorte de drogue. J'écrivais en brûlant. J'essayais de me rappeler chaque détail, y compris les plus scabreux. Je racontais ce que nous faisions ensemble, de façon très crue. Je n'écrivais pas pour que ce soit beau ou intéressant ou pornographique, mais pour prolonger la jouissance, et dans l'énorme émotion, dans le bouleversement de tout l'être que cela provoquait chez moi, pour ne pas pleurer, pour ne pas mourir.

Le texte est enfoui quelque part dans mon ordinateur, avec même un code secret, que j'oublie régulièrement, d'où toutes sortes de manipulations quand je veux remettre la main dessus, et d'imprudentes copies se font malgré moi, que je retrouve au hasard, avec effroi, dans d'autres dossiers sur lesquels n'importe qui pourrait tomber. Il est accompagné d'une photo tout aussi cadenassée. Parfois il me prenait en photo pendant l'amour, et c'était beau.

Comment ? Mettre ce texte ici, dites-vous ? Avez-vous pensé à mes voisins ? Philippe Malvé par exemple, vous imaginez comment il me regarderait en me croisant dans l'escalier s'il savait ce que j'ai fait avec cet homme ? Et son épouse, une femme très comme il faut ? Non, je sais bien, je ne suis pas aussi bête que j'en ai l'air, je suis une femme libérée, je sais que ce serait de l'écriture, de l'art, de la littérature, j'ai lu Sade et « La vie sexuelle de Catherine M ». Si ça se trouve, Philippe Malvé me regarderait avec admiration, dans l'escalier. Et ces gestes de la nuit, même si nous étions particulièrement inventifs et joyeux, tout le monde les fait et les invente, à quelques variantes et déclinaisons près. (Pourtant à vrai dire, ils étaient si intimes, si précieux, j'étais si bien la nuit avec cet homme, qu'après sa mort, pendant très longtemps, il m'a été impossible de les faire avec quelqu'un d'autre).

Peut-être, me dit Claude, qui m'encourage, que ce serait le plus beau texte de tous. Peut-être que ce serait l'endroit du livre où tous les lecteurs se précipiteraient tout de suite, sa zone érogène, peut-être qu'il s'ouvrirait tout seul à cette page-là.

Tentée, je mets avec audace le texte érotique dans le livre.

Monsieur,

Bien qu'elle énonce un refus, et se termine par « dommage », votre lettre m'a fait un grand plaisir. J'ai été très touchée par l'attention que vous avez portée à cette « rédactrice », et par la justesse de votre lecture.

Je ne l'ai montrée à personne avant de vous l'envoyer – et votre regard est le premier porté sur cette chose que j'ai fabriquée dans la solitude, dans une grande liberté donc, mais aussi forcément dans un certain aveuglement.

Je pense que vous avez raison.

Il est clair pour moi aujourd'hui que mon livre gagnerait à être plus rigoureusement centré sur son sujet – coïncidence entre écriture et bribes d'existence – et à éviter cette dérive vers la « veine d'intimité nostalgique » forcément un peu complaisante (quelle honte !) que vous pointez (…)

C'est à ce moment-là que, me remettant à l'ouvrage, j'ai décidé d'enlever le texte érotique du livre.

Mais c'est aussi le moment où j'ai découvert qu'en supprimant les descriptions forcément un peu scabreuses, je pouvais transformer le texte érotique en un texte pudique.

Il parle en faisant l'amour. Raconte des histoires, pour s'exciter, pour l'exciter elle. C'est un conteur. Il lui dit : Maintenant, c'est à ton tour de parler. Ah non, dit-elle, je ne sais pas faire ça. Si si, parle-moi, excite-moi. Elle tente quelque chose. Il dit : Mais ma chérie, ça c'est un compliment. Moi je ne veux pas des compliments, je veux des cochonneries ! Elle tente autre chose. Il dit : C'est mieux, mais pas comme ça, on se croirait à la sécurité sociale. Plus chaud. Plus intime. Il lui donne le ton. Mise en scène, hilarante direction d'acteur.

Il sent bon. Il dit qu'il aime son goût, son odeur à elle, qu'elle est belle, a une belle croupe, un beau cou, des seins lourds qui lui plaisent. Il parle. Mélange de pornographie et de tendresse. Il commande. Il dit mets-toi comme ci, tourne-toi par là. Et elle, non pas maintenant, ou plutôt comme ça. Il répond : Ah bon ? Parce que tu ne m'appartiens pas ?

Tout à fait hors de propos, elle dit qu'elle est une intellectuelle. Il répond oui, bien sûr, et lui, un artiste.

Plus tard il lui dit : Je te connais, tu sais, je te connais très bien. Je sais parfaitement qui tu es.

Il est cinq heures du matin. Alors seulement elle demande : sais-tu comment je m'appelle ? Il hésite, heu non ! Alexandra ? Elle rit, non, il cherche. Et mon nom de famille ? Oui, je sais, c'est un nom juif. Lévy ? Non. Israël ? Pas du tout.

Au petit matin tous les cafés sont fermés sauf un restaurant qui reste ouvert toute la nuit. Plein de SDF qui attendent que la gare rouvre. Ils s'installent. Commandent à dîner. De la viande, des frites. Elle a un sourire énorme. Ne peut pas s'empêcher de sourire. Il s'en rend compte dans un mouvement de joie, d'étonnement muet. Il dit qu'il a douze maîtresses. Des jeunes actrices, des vieilles copines, et même une merveilleuse qui est en Espagne, et qui a 72 ans, et deux ici, et trois là-bas, très jeunes. Tu es jalouse ? Elle dit non, je m'en fous, je ne suis pas jalouse du tout. Il prend un air déçu, et un peu suppliant : Ah bon ? Même pas un tout petit peu ?

Il dit : Il faut que tu portes des décolletés, que tu montres tes seins. Elle est lumineuse. Il la regarde en riant. Et elle : Je n'ai pas peur d'être vieille, je suis en paix avec mon âge. Après tout, il y a des avantages à être plus âgée. Ah bon, et lesquels ? Hé bien on a plus d'autorité par exemple. Lui goguenard : Si tu crois que tu m'impressionnes avec ton autorité.

Il appelle un taxi. Ils sortent devant le restaurant glauque de la gare de l'Est, parmi les SDF qui sont debout devant la porte, ils s'embrassent pour se dire au revoir. Ils s'embrassent interminablement. Elle gémit. Il bande. Ils s'embrassent encore. Il dit : Il faut que tu reviennes, retournons dans la chambre, on doit tout recommencer.

Quelques nuits plus tard, elle est gaie. Se déshabille. Qu'est-ce qu'elle raconte ? Peu importe, elle est gaie comme un pinson. Elle s'allonge auprès de lui, il la prend dans ses bras. Elle dit : Tu me conviens, tu me vas bien. Il sourit. Une autre longue nuit commence. Il dit : La prochaine fois tu viendras plus tôt, on a besoin de temps.

Elle dit : c'était encore un peu maladroit. Il répond : oui mais fait avec tellement d'amour !

Il l'a raccompagnée nu sous sa veste, dans la rue, devant la gare de l'est, jusqu'à un taxi qu'il a appelé pour elle. Merci, tu es un gentleman. Ne crois pas ça, là je te raccompagne parce que c'est seulement la deuxième fois qu'on se voit, tu verras quand on se connaîtra depuis plus longtemps, je ne serai plus aussi courtois. Elle pense : Ah bon ? Parce qu'on se verra longtemps ?

Elle raconte à une amie. Les compliments et les cochonneries. L'amie dit c'est beau. L'amour c'est pas romantique. Elle pense non, l'amour c'est cru, c'est grossier et c'est tendre, c'est doux et violent, ça vient du cul. Pas des conversations, pas des raisonnements, pas des goûts communs. Pas de la tête. Ça vient de loin. C'est sommaire, c'est primitif. C'est du manque, c'est du malheur, c'est une chance.

Elle rassemble des choses qu'elle lui donnera, pense-t-elle, quand ils se verront. Elle fait des provisions comme un écureuil. Une image érotique découpée dans un journal, qui vient illustrer un article intitulé « jouir à travers les siècles ». Sur l'image, sépia, très jolie, un homme lèche le sexe d'une femme, 1870. La reproduction d'une sculpture de Giacometti qu'elle a vue à Beaubourg : deux figures très sommaires, l'une à côté de l'autre. Celle de gauche a une fente, l'autre une petite protubérance. Ça s'appelle *Le Couple*, 1927. En plus des images, elle fait aussi une petite réserve de mots. Par exemple, un jour où elle se demande quand elle va le revoir, elle se dit : Je suis devenue une intermittente du spectacle. Et ça la fait rire. Elle entend une blague et elle se dit : Je la lui raconterai.

C'est l'histoire d'un mec qui va chez son médecin et lui dit : Docteur, je ne veux pas mourir jeune, je voudrais vivre très vieux. Vous pouvez m'aider ? Le médecin lui demande : Vous fumez ? Non. Vous buvez ? Non. Vous avez des partenaires multiples ? Non. Excusez-moi mais alors, pourquoi voulez-vous vivre vieux ?

Ils se connaissent mieux. Il lui fait des caresses inédites. Pour une certaine caresse, elle lui dit en riant : Tu es un génie. Il prend un air modeste et dit : Je sais, je suis plus fort que les gouines.

Elle a un manteau noir et un petit chapeau comme une kipa, qu'elle a acheté dans un voyage au grand bazar d'Istanbul. Il est habillé avec un costume de scène de Monsieur Loyal et des chaussures bicolores comme dans les cirques. Elle a 57 ans, il en a 65. À cette heure-là, devant la gare de l'Est, ils sont sans doute très beaux.

Les gens la trouvent changée. Belle. Elle dit que c'est ce régime qu'elle fait, qui la rajeunit. On lui demande l'adresse de sa nutritionniste. Un peu comme dans le film américain où la fille fait semblant de jouir bruyamment dans un restaurant, et où une dame à la table à côté demande qu'on lui serve la même chose, exactement la même chose. On lui demande quel est son régime. Elle dit protéines, féculents, légumes verts.

À la fin du spectacle, elle était allée le voir sur la scène. Il y avait beaucoup de monde derrière le rideau. Des gens connus. Il était très entouré. Un peu intimidée, elle s'était approchée et l'avait salué. Il lui avait dit avec son accent parigot : Bonjour beauté fatale. Elle avait compris qu'il ne se souvenait pas de son nom. Elle lui avait dit : C'était un beau spectacle. Il lui avait dit : Merci.

Écrire une thèse sur Cromwell

Une jeune femme était venue le voir. 25 ans, africaine je ne sais plus de quel pays, très grande, très belle, excisée. Étudiante en lettres, elle préparait une thèse sur *Cromwell* de Victor Hugo, et elle avait besoin des lumières d'un metteur en scène de théâtre.

La voilà, allez savoir pourquoi, devant lui, en effet metteur en scène, qui n'a aucune idée sur *Cromwell*, mais lui propose aimablement de venir lui lire sa thèse chez lui. La thèse, on l'aura deviné, ne l'intéressait pas beaucoup, mais la fille était splendide, et l'excision lui est apparue comme un challenge qui méritait efforts et attention. Faire jouir une princesse peule, voilà un défi excitant pour lequel il était prêt à prendre tout le temps qu'il faudrait. Il irait doucement. Elle était d'accord.

L'installation était donc la suivante : ils étaient tous les deux allongés sur le lit, elle lui lisait sa thèse sur Cromwell, il l'écoutait en fumant son cigare, et en lui faisant des caresses, elle lui en faisait aussi. Tout cela si paisible, si agréable, si intéressant, qu'après *Cromwell* elle lui a lu *Hernani*, puis *Ruy Blas*, puis tout Marivaux, puis elle a attaqué Racine et d'autres chefs-d'œuvre du théâtre classique. Cela aurait pu durer encore longtemps, et semblait les satisfaire pleinement tous les deux. Des progrès certains ont été faits dans l'accession au plaisir pour elle. Ce sont des perturbations extérieures qui sont venues troubler l'affaire et mettre un terme à ce dispositif inventif et efficace, que l'homme de théâtre racontait la nuit, avec un sérieux au bord du fou rire.

Et puisque c'est moi qui la raconte ici à mon tour, il me plaît d'y ajouter que la thèse sur *Cromwell* fut soutenue en Sorbonne et qu'elle obtint la mention « très honorable ».

SMS

Hier, je suis allée rendre visite à mon vieil ami A. dans son hôpital. Il souffre beaucoup. Lui naguère si costaud, roux, solaire, le voilà devenu un vieillard sans force. Il tremble. Il est maigre, sauf pour sa jambe gauche, étonnamment gonflée. Il parle de moins en moins. Ne lit pas. Il dit : Je voudrais tant mourir. Quand il est plus mal, il dit « crever ». Tout l'irrite. Tout le blesse. La seule chose qui lui fait encore un peu plaisir, c'est de descendre fumer une cigarette. Il faut alors lui mettre son anorak, son bonnet, son écharpe, l'aider à s'installer dans le fauteuil roulant, mettre dans sa poche son tabac et son briquet, attendre l'ascenseur, rejoindre le minuscule jardin en bas, tout en faisant très attention de ne pas le cogner, de ne pas coincer le fauteuil, le moindre heurt lui fait mal. En bas, il fume une cigarette, puis une autre, il est un peu plus détendu, c'est un moment où l'on parle un peu – ou pas. Quand il est trop mal, c'est inutile de parler, du bruit pour rien. Il est recroquevillé, le regard tourné vers le sol. Comme il a la tête baissée, il me fait des compliments sur mes chaussures.

Hier, en remontant dans l'ascenseur, j'ai levé le regard et me suis rendu compte que nous étions face à un miroir, qui nous reflétait tous les deux. Lui vieillard souffrant plié en deux dans son fauteuil roulant avec un bonnet de ski sur la tête, moi, cheveux blancs, penchée vers lui. Alors, dans la lumière crue du néon de l'ascenseur, je me suis souvenue de la pénombre douce de la chambre dans laquelle nous avons fait l'amour devant un miroir, autrefois. J'ai baissé les yeux aussitôt.

En sortant de l'hôpital, j'ai écrit un message à M., pour lui raconter ma visite. Par quelle erreur affreuse, j'ai envoyé le message non pas à M. mais à A. lui-même.

Heureusement, pour ne pas faire peur à M., pour ne pas porter malheur à A., pour les protéger l'un et l'autre, je n'avais écrit que des choses anodines. Je m'étais retenue. Je n'avais pas hurlé à la mort. Je n'avais pas utilisé le mot *agonie*.

Joëlle, non.

Ma chère Joëlle,

Ma très chère Joëlle, je viens d'apprendre la mort de ton père, non – de ton papa

Ma chère Joëlle, on a beau se dire que 100 ans c'est un bel âge pour mourir, cela n'empêche pas le chagrin, ni le regret d'une dernière promenade au parc, ou d'une dernière conversation, ni

C'est avec beaucoup de peine ma chère Joëlle, que je

Ma chère Joëlle, j'aimais beaucoup ton papa. Je n'ai jamais réussi à l'appeler Maurice comme il le réclamait. J'appelais tes parents Monsieur et Madame Chassin, marquant le respect affectueux que j'avais pour eux deux ensemble. Car ils étaient d'abord un couple… non je ne sais pas où je m'embarque avec ça…

Ton père restera pour moi, ma chère Joëlle, l'une des personnes les plus profondément gentilles que j'aie jamais rencontrées. Je l'ai surtout connu au Grand-Bornand, où – skieur tardif, mais audacieux – il s'est révélé un grand conducteur sur pneus neige, et le plus fameux éplucheur de légumes… Non pas les épluchures

Ma chère Joëlle, j'apprends la mort de ton papa, et aussitôt me reviennent toutes les images du Grand Bornand, du sapin, des cakes aux fruits, des cadeaux, des litchis, des filles toutes petites sur leurs tout petits skis, et je revois ton père nous conduisant au village en voiture sous la neige, si joyeux, si disponible, si

C'est avec un grand et beau chagrin, un chagrin doux en somme

Ma chère Joëlle, en apprenant la mort de ton père, ma première pensée a été : 100 ans ! En même temps, pouvait-il vivre sans Poussy ?

Ma chère Joëlle, tu as eu des parents merveilleux,

Ma chère Joëlle, c'est normal que nous soyons tous tristes aujourd'hui, parce que par la grâce de ta générosité – et de la leur – tes parents étaient aussi les nôtres.

Ma chère Joëlle, Il avait un sourire exquis, à la fois doux et malicieux. Son attachement à ta mère et à toi était

Éloge funèbre

J'ai partagé deux religions avec Hugo.

D'abord la religion juive. Il se disait juif de la pampa – ce qui avait un certain panache.

Il n'était pas pratiquant, mais tout de même.

Tous les ans, pendant 20 ans ou peut-être 30, on a fêté Kippour ensemble. On le faisait très sérieusement, on s'appelait plusieurs semaines à l'avance, il prévenait Natalia, sa fille. On se retrouvait à la synagogue. On ne savait pas lire l'hébreu, on ne connaissait pas les prières, on n'avait même pas le châle de prière sous lequel chaque père réunit sa famille pour la bénir, on n'était d'ailleurs pas une famille, mais on était là, on se blottissait contre les autres, on profitait un peu de leur châle et de leurs bénédictions, on attendait que sonne le chofar. Ensuite on rentrait, je disais la seule prière que je connais en hébreu – pas la prière de Kippour, non je ne la connais pas, mais celle sur le pain, la plus simple – que Hugo écoutait gravement, et il disait les trois mots de Yiddish qu'il connaissait. Il disait : *A guite your* (qui veut dire bonne année), et c'était comme s'il connaissait toute la langue yiddish et qu'il la parlait couramment. On était exactement comme dans l'histoire du Baal Shem Tov que raconte Gershom Scholem, celle qui énumère toutes les conditions qu'il fallait réunir autrefois pour qu'un miracle arrive – une forêt une clairière, un feu, une prière, – et comment ce savoir se perdait peu à peu, et comment la dernière génération était juste capable de dire :

« Nous ne savons plus allumer le feu, nous ne savons plus dire la prière, nous ne connaissons même plus l'endroit dans la forêt, mais nous savons encore raconter l'histoire ». Et ainsi le miracle arrivait quand même.

Et c'est comme ça que, par la grâce de notre maladresse, nous faisions arriver le miracle de Kippour chaque année, Hugo et moi.

J'ai dit tout à l'heure que Hugo connaissait trois mots de Yiddish, non, j'exagère, il en connaissait plus, il connaissait le mot *Mensch* par exemple, qui s'applique si bien à lui. Un *Mensch*, en yiddish ça veut dire « un type bien ». Un type qui se conduit de façon digne, honnête, réglo. Un homme qui a de l'honneur. Hugo était sans compromission, n'a jamais rien fait de bassement commercial par exemple, ne s'est jamais dévoyé, c'était un pur, il est toute sa vie resté fidèle à lui-même et que dire de sa fidélité à ses amis, de son intérêt et de sa tendresse pour eux – il aimait les admirer et les respecter. C'est pas qu'il n'avait pas de défauts, Hugo, non, mais *Mensch* il l'était, à n'en pas douter.

La deuxième religion que j'ai partagée avec Hugo, c'est la religion de la forme. Et là, il en était le grand prêtre. Les images, les mots, les sons, leur combinatoire, la structure du récit – géométrique ou pas, en quinconce ou en cercle ou que sais-je ! C'était ce qu'il y avait de plus important au monde pour lui. Cela méritait même que l'on risque sa vie. Il m'a dit un jour, parlant de Glauber Rocha : on peut mourir d'un film raté. Hugo est allé au bout de lui-même pour tourner chacun de ses films, en particulier le dernier, *Le ciel du Centaure*. Il était déjà fort malade quand il est allé en faire l'étalonnage au Mexique. Mais voilà, au Mexique il y avait ce type génial qui pouvait l'aider à transfigurer l'image vidéo (c'était la première fois qu'il ne tournait pas en 35). La vidéo donc d'accord, mais alors il l'a affrontée cette vidéo comme Thésée a affronté le minotaure. Et en effet, étalonnée au Mexique, au diable les maladies, l'image est magnifique d'invention, et tellement gracieuse – une image en noir et blanc, avec juste de ci de là, une couleur – un morceau de ciel bleu, une voiture jaune, un arbre couvert de fleurs mauves.

L'image bien sûr, mais au centre de cette religion de la forme, il y avait le son. Le son était sacré.

Un jour où j'étais perdue dans la fabrication d'une émission de radio, il m'a dit : tu devrais faire des animaux. Des animaux ? Oui, c'est ce que j'ai fait pour *Invasion*, m'a-t-il dit. Un secret de fabrication d'*Invasion*, ça s'écoute et ça se retient. Les animaux pour Hugo, c'était des petits modules sonores, de quelques secondes, qu'il préparait à l'avance, – il en préparait tout un stock – un bruit d'orage, une voiture qui freine, une porte qui grince, une calèche qui passe, les sons qu'il avait sous la main. Puis il montait le film, et au cours du montage, de loin en loin, il mettait l'un de ces animaux. L'important, m'a dit Hugo, c'est de les faire intervenir de façon absolument aléatoire, au hasard, surtout sans aucun sens. Et c'est ainsi que dans *Invasion*, par exemple dans un plan où on voit une femme marcher dans la rue (dans cette belle lumière, ce noir et blanc incroyable de Ricardo Aranovicz), on entend les pas de la femme, et soudain le cri d'un oiseau exotique, ou un bruit métallique strident – et cela donne une sorte d'épaisseur imaginaire à la scène – très étrange, très belle. Et puis par moments, il savait faire s'envoler les sons, comme pour un opéra.

J'ai reconnu une variante de cet usage du son dans une séquence du *Ciel du Centaure* où le héros du film court dans un parc. Il est filmé de profil, de face, en gros plan, en plan large, de très haut – écriture cinématographique normale pour raconter la course, et la dynamiser. Mais Hugo a fait une chose unique dans cette séquence : à chaque changement de plan, il a changé le son. Sur le plan de profil, il y a le bruit de la mer. De dos une voiture qui freine, ou le rugissement d'un lion, je ne sais plus, etc. On ne comprend pas forcément ce qu'il se passe, mais on n'a jamais vu quelqu'un courir comme ça.

Un jour, j'ai eu l'occasion de passer une commande à Hugo : une séquence d'une dizaine de minutes pour un magazine sonore, c'était en 1984. Je lui avais dit 10 minutes, sujet libre. Il a réfléchi, a trouvé une idée.

Mais il m'a demandé plutôt un quart d'heure. Oui bien sûr j'ai dit. Puis il m'a appelée, ça risque d'être un peu plus long, 20 ou 25 minutes. D'accord. Bref, finalement ça fait 2 heures 5 et j'ai réécouté l'émission ces jours-ci, c'est éblouissant. D'abord parce qu'en radio tout est plus léger : si vous avez besoin d'un bruit de cheval, vous n'avez pas à convoquer une cavalerie. Le bruitage des banquets, nous les avons faits ensemble dans le studio, en riant très fort, en faisant des bruits de verres qui se cognent et en doublant et triplant nos voix pour faire une foule. Et on a fabriqué comme ça, en s'amusant énormément, les bruits de l'enfer et les «espouvantables» bruits de bataille, auxquels il a ajouté des musiques et encore d'autres bruits et sa voix, pour en faire quelque chose d'à la fois grandiose et drôle et baroque et barré. Parce qu'il n'y avait pas d'enjeu, – ce n'était pas un film, c'était un film sonore – Hugo a pu laisser libre cours à sa fantaisie, à son érudition, à son talent d'écriture, à son incroyable culture musicale, à son humour, à son perfectionnisme, à son imagination formelle, à son invention inépuisable dans l'agencement du récit par rapport aux sons, et vice versa, à sa rigueur, à sa virtuosité. Il a mis l'ingénieur du son Michel Créis dans un état d'excitation et de passion jamais vu, il était comme chauffé à blanc. On a travaillé des jours et des nuits à faire ce truc qui s'appelait *Version de Labyrinthe* et qui certes l'était, labyrinthique, et au milieu d'une de ces nuits j'ai dit à Hugo : c'est trop long, ça va être chiant! Et il m'a dit très sévère, mais Michèle, l'avant-garde, c'est chiant! On a fini à 7 heures du matin un dimanche sur les rotules, on a porté les bandes à l'écran, avec écrit dessus en gros PAD – prêt à diffuser. Je crois pouvoir dire que c'est l'un des moments de la vie de Hugo où il a été parfaitement heureux.

(Le 7 février 2018, j'ai prononcé cet hommage à Hugo Santiago dans le crématorium du Père-Lachaise, de ma voix la plus pointue pour résister à l'écho de cette grande salle funéraire. À la fin, tout le monde m'en a fait compliment. On est venu me parler, m'embrasser, j'étais, l'espace d'un instant, devenue la star du crématorium. Et je me suis mise à avoir honte. Comme si je m'étais autorisée à avoir du succès sur le dos de Hugo, qui était là, le pauvre, à côté de moi, allongé dans son cercueil en attendant d'être brûlé. Des semaines plus tard, dans la rue, dans un café, il est arrivé que des gens que je ne connaissais pas viennent à moi pour me dire : C'est bien vous, n'est-ce pas, qui avez fait ce discours à la mort de Hugo Santiago ? Je me suis promis de ne plus jamais faire de discours de crématorium.)

Corriger

Ça ne peut pas finir par la mort. La déplacer. Ajouter les quatre commentaires au discours de crématorium : 1. La honte de roucouler sous les compliments. 2. J'ai assisté à d'autres enterrements d'amis Juifs et à chaque fois il a été dit que celui qui venait de mourir était un *Mensch*. Est-ce un poncif, une facilité de discours de crématorium, ou est-ce parce que je ne connais que des *Menschs* ? 3. Je me demande pourquoi l'histoire de Gershom Scholem est si populaire parmi les juifs aujourd'hui, à tel point que dès qu'un juif parle de sa judéité, il raconte « j'ai oublié la forêt, j'ai oublié la clairière, j'ai oublié la prière… » Est-ce qu'en effet la plupart d'entre nous ne connaissons plus grand-chose à la religion, et ne sommes plus capables de raconter autre chose que notre oubli ; est-ce parce que cette histoire ressemble à une prière, une prière qui nous serait encore accessible ? 4. C'est un poème de Borges que Hugo aimait à citer :

D'autres sont morts, mais cela est arrivé dans le passé
qui est (nul ne l'ignore) la saison la plus propice à la mort
est-il possible que moi, sujet de Yaqoub al-Mansour,
je meure comme durent mourir les roses et Aristote ?

J'ai hésité à conclure mon discours avec ce quatrain. Mais mon texte était déjà très long pour être dit à haute voix dans une salle qui résonnait autant, et puis j'ai pensé qu'il serait de mauvais goût d'y ajouter une pirouette finale.

– Claude, tu te souviens, tu m'as souvent dit que le pire, c'était l'habileté

– C'est vrai

– Une petite habileté

– Oui.

– Ou pire encore une grande habileté !

– Oui

– Qu'il fallait désapprendre

– Désapprendre, oui.

– Peut-être que je suis en train d'y arriver. Je ne me sens plus habile du tout. Plutôt nue, gauche, maladroite

– Je n'ai jamais dit qu'il fallait me prendre au mot !

– Mais à chercher un titre, à essayer de mettre de l'ordre, à la fin je suis perdue, je ne sais plus ce que j'essaye de faire, je ne sais pas ce qu'est ce livre, ni même si c'est un livre. Et ce matin je me suis dit : pourvu que ce ne soit pas trop habile, pourvu que j'aie été assez maladroite ! Tu parles d'une question ! Ai-je été assez maladroite ?

– *Tu vois, dit Reb Mendel, au bout du raisonnement, il y a toujours en suspens une question décisive !* [10]

5.
LA FRÉQUENTATION DES POÈTES

Comment avenue de Clichy, je me suis souvenue de Jean Tardieu. Comment une nuit avec un poète m'a valu quarante ans de correspondance. Comment je suis passée de femme qui écrit à femme écrite. Comment écouter un feu d'artifice à la radio et écrire sur les bienfaits du gaz et de l'électricité peut vous conduire à devenir poète. Comment les poètes voient les choses autrement. Comment de tous les poètes j'en ai choisi un en particulier, et pourquoi celui-là. Comment les objets contiennent l'infini. Comment j'ai prétendu être muse, à mes risques et périls.

Ramah et moi marchons d'un bon pas sur l'avenue de Clichy, tout en causant. Ramah me dit : Ce matin je suis allé au cours de français de Lola, c'était bien. On a étudié un boïm. Un boïm, Ramah ? Oui oui, c'était beau ! Mais qu'est-ce qu'un boïm ? lui dis-je. Comment, toi ? tu ne sais pas ce que c'est qu'un boïm ?

Alors il s'arrête au milieu de l'avenue de Clichy, pose son sac à dos sur un banc, et commence à le vider, il en sort en vrac tous ses papiers, récépissés, notifications de la préfecture, demandes d'asile, avis d'expulsion, et Ordre de Quitter le Territoire, et parmi tous ceux-là, apparaît la feuille de ce matin.

Ah Ramah ! Tu veux dire un poème !

Ben oui ! Un boïm !

« *Comment ça va sur la terre ?*
Ça va, ça va, ça va bien. »

Et assis sur un banc, dans la rumeur de l'avenue de Clichy, nous avons lu Jean Tardieu :

« *Et votre âme ?*
Elle est malade, le printemps était trop vert, elle a mangé trop de salade. »[11]

Les lettres de Christopher

Did you manage to pay the electricity bill? Can I send a contribution, in gratitude for the light you bring into my life?

Christopher Middleton. 12.10.80

J'ai rencontré Christopher Middleton en 1977. Il était anglais, poète, professeur de littérature allemande à l'université d'Austin, Texas. J'étais jeune, j'avais de longs cheveux noirs, quelque chose d'un peu oriental, je m'apprêtais à partir pour la Grèce. C'était suffisant pour faire de moi une figure mythologique enthousiasmante aux yeux d'un érudit plongé dans ses traductions de Goethe.

Cette brève rencontre m'a valu une correspondance de près de quarante ans. Je ne crois pas qu'il faille attribuer cet effet à mon pouvoir érotique – du moins pas seulement ! – mais plutôt à la force de son imagination et au débordement de son écriture.

Les lettres de Christopher étaient très belles. Écrites à la main d'une jolie écriture un peu ancienne, serrée recto verso sur plusieurs feuilles de papier pliées en 6 ou 8 dans de longues enveloppes Air Mail. Il m'écrivait en anglais, mais lorsqu'il craignait que je ne comprenne pas telle expression, il la traduisait entre parenthèses dans un français précis et élégant.

Il lui arrivait de citer un texte en allemand ou en grec ancien – quelques vers de Pindare, un poème de Sappho.

Quarante ans donc, de lettres, de poèmes, de pensées, d'attentions, d'intelligence, d'histoires, de confidences, de journal d'écriture, de précis de jardinage, de relevés de chants d'oiseaux (28.2.02. *It should be « tiou tiou tiou », then double or folded notes, « tiah tiah tiah tiah » but he sings out something flat and single and tries over and over again and is still wrong !*) de récits de voyage ou de rêves, d'anecdotes sur des rencontres, de conseils de lectures (*did you ever read Lev Shestov the Ukrainian Hassidic philosopher ? / do you know E.P Thomson ? / Jacob Boehme ? / Engels ? / Francesco di Marco Datini (1335.1410) perhaps ? / and Plutarque ? / Charles Diehl's grandeur et décadence de Byzance ? / William James, frère de Henri ? / Sinclair Lewis ? / I am reading Delacroix's Journal / Villiers de l'Isle Adam / You might have a look at Jean-Henri Fabre / …*)

À relire aujourd'hui ces quarante années de lettres, j'assiste à sa vie, je le vois poursuivre sa carrière de Professor of Germanic Languages & Literature à l'université d'Austin, Texas, avec sérieux, mais sans enthousiasme (09.91. *why did I feel like a ghost ? Was it because I was emptied after a long and dreary semester of teaching the least receptive, most amnesiac students I've ever known ?*), heureux surtout de s'arrêter pour des vacances (27.02.97. *Probably I'll be back in Istambul this summer, but Paris will come before that, may be early in June. May I invite you to supper ?*), ou pour une année sabbatique, ou mieux encore, pour la retraite (*I enjoy* la retraite !)

Je le vois rester obstinément et impeccablement anglais dans un État qu'il considère grossièrement américain (4.12.83. *What stupid assholes american busy-bodies are !* 2.98. *Nobody asks anymore about the sort of justice that requires executions. This is USA baby !*/ 24.2.03. *(...) I explained I was not an exile, not a refugee (...) I might have been a bit of an adventurer. But now I am just a flâneur, a loafer*).

Je le vois aimer jardiner, boire un bon vin, écouter Debussy, apprendre le turc, découvrir la Capadocce, détester Bush, prévoir de se déguiser en lion pour le carnaval (*well the only alternative was a FROG !*) être très séduit par des femmes, s'en défendre (31.09.91. *Sometimes I have felt as thrilling a desire for old books as ever I felt for the companionship and sexual reality of a woman !*)

Je le sens vieillir, – ses yeux, son cœur, ses jambes – tenir bon (28.02.05. *And isn't it amazing, splendid, overwhelmingly sweet to be alive, alive ! – At 78 you realize that, and give thanks*), aimer la vie chaque matin (14.3.83. *Outside my window there's a little mountain-laurel tree with intense blue blossoms. It has never blossomed so vigourously. Every morning I go up there to see what new movement there has been in the night*). Mais je le vois finalement obligé de quitter sa jolie maison et son jardin pour une « Résidence pour Seniors » – un asile de vieillards ! hurle-t-il en majuscules tremblantes dans l'une de ses dernières lettres.

Je le vois espérer s'en échapper (…23.2.15 *How I'd love to have supper with you at the* Jardin d'Artemis…) et jusqu'au bout, écrire des poèmes.

Car on assiste surtout, pendant ces quarante années, à la construction de son œuvre (*My wooden Dog cycle will be out soon (Burning Deck) / Also I finished a book of translations from Robert Walser / they have postponed my Hachette book until 1981, les salauds. / I've written 21 very short poems called Quasizeros / Michel Deguy would like to publish first Françoise's translations/ I've written a handful of poems (and I have planted and harvested potatoes – 9 kg, not much) / I have finished the book of Goethe translations – it's very big / Also my selected poems (111 poems) / And finally, during the last week in Istambul, I met my turkish translator!*) et ainsi de suite jusqu'aux dernières années, où il a plus de 80 ans (26.2.08. *Early in june I go to London for the « launch » of my collected poems, a very fat book. I have 39 more poems for a sequel, but who'll ever publish them so soon after the Collected ?*/ 26.2.11. *I've written quite a number of (short) poems since we met in november. But I rely, you know, on caprice, caprice that suddenly « transfixes » my thoughts and leads to some wording that builds itself up. Fancy that! at almost 85, depending on the impulse of a juvenile ?*/ 23.2.2015. *I do like your diagnosis – writing poems is a medecine for me. So far I've maintained my workings, and from 2013 to 2015 (now), I have 34 poems (mostly short) for a new book.*)

Mais Christopher n'était pas, comme il le disait, complètement « escargoté » en lui-même. Il m'a aussi accordé beaucoup d'attention, s'est intéressé aux détails de ma vie et de ma personne, s'en inquiétant, les rêvant, les magnifiant dans des poèmes (« *the girl with Moroccan/mysterious hair/swims the long distance* ». 11.07.77. *Ton nom, Michèle, je l'ai contrebandié dans le poème qui concerne le magasin d'épices. Il apparaît parmi d'autres noms, tresses d'ail, estragon, miel de lavande)* – et en effet au détour d'un vers, apparaît « my shell ». Il m'a envoyé les messages les plus ironiquement tendres (3.4.79. *This is just to say how much I miss seing you and how much I'd love to see you right now, just as you are, with your luggage and your sun-hat, ready to go to the world of blue earthquakes*), et écrit, la seule fois où il a, en mon absence, habité chez moi, « *Michèle's rooms* » – le poème de lui que bien entendu je préfère.

Au fil des années, je crois avoir représenté pour lui la liberté, l'ailleurs, et plus simplement son amour des voyages, son attachement à Paris (22.2.10. *Your world, Michèle, how I missed being there !... Just to be with you for an hour in a* café !).

Sans aucun doute il m'aimait beaucoup, mais il fallait que cela restât dans l'imaginaire. La seule fois où je lui ai proposé de le retrouver en Turquie pour un petit séjour, il en a été terrifié, m'a écrit longuement avec beaucoup d'embarras, que c'était tout à fait impossible.

Cela ne l'a pas empêché de continuer à m'envoyer, avec une fidélité merveilleuse, chaque année, une longue lettre, parfois même deux (24.2.09. *Dear Michèle, yesterday's birthday letter wasn't really interesting, so*

I interthought…) une longue lettre donc, qui arrivait précisément le 4 mars, ou la veille – *dearest Michele, I wish you, certainly, many happy returns, and a happy birthday !* – Une seule fois il a oublié, je lui ai téléphoné pour protester (26.3.06. *I am so glad that you missed a letter or card, a sign from me !*) et il a aussitôt réparé sa faute, en s'excusant beaucoup.

Cette année, j'ai su avant le 4 mars que je ne recevrais pas de lettre de Christopher. Ni la veille ni les semaines suivantes.

Alors je me suis mise à fouiller fébrilement à la recherche de toutes celles qu'il m'avait écrites au fil des années – que j'avais lues pour certaines un peu vite, auxquelles j'avais parfois répondu mais pas toujours (23.2.00. *you never answered my last two letters. Does this mean that you've « given me up » ? (…) but shadows of you keep erupting in my memory. So I'll write your birthday letter all the same. Not as a fragile sign of memory, or as a matter of devoir, but as a message from someone who once perceived you in all your inextinguishable feminine self.*) J'ai retrouvé dans diverses strates de mes archives, et de mon passé, près de soixante-dix lettres – dont la première avait 40 pages.

Alors seulement j'ai regretté de m'être laissé aimer distraitement, paresseusement. D'avoir à peine regardé les si beaux livres qu'au fil des années il m'avait envoyés.

Alors seulement j'ai commencé à le lire, et j'ai admiré profondément son écriture – la richesse, la précision de sa langue, son ironie, son charme. Il n'était pas seulement prolifique. Un jour où je lui ai demandé d'écrire pour moi un poème de un vers à broder, il m'en a envoyé 192. Et chacun d'eux était ciselé, rythmé, concis, aussi élégamment économe que riche de sens.

Et pensant à sa langue, j'entendais sa voix – une voix qui écoutait, grave, intime. En français, il roulait légèrement les r. En anglais, il avait un accent d'Oxford, très chic, qui avait résisté à des décennies d'Amérique et même de Texas. Le moindre de ses « *may I invite you to supper* » était exquis. Et pensant à sa voix, je pensais à sa façon de se tenir, toujours très droit, y compris à la fin, lorsqu'il devait s'aider d'une canne pour marcher. Il était d'une grande élégance.

Alors seulement j'ai pensé à toutes les questions que j'aurais dû lui poser à propos des 192 monostiches qu'il m'avait envoyés, dont les réponses me manquaient désormais absolument. Je me suis attaquée bravement à leur traduction. Françoise de Laroque vint m'aider – la Françoise même dont il espérait que Michel Deguy publierait un livre de traduction de ses poèmes en français (*I don't want just translations, but french texts with charm and claws. Could you perhaps ask Françoise ?*). Et ensemble nous nous sommes cassé la tête à essayer de comprendre, dans le vers « *an aubergine in a chilled savory sauce* », ce qu'était la « *chilled savory sauce* » dont était entourée l'aubergine. Était-elle à la sarriette, ou simplement savoureuse ? Était-elle froide ? En gelée ? En chaud-froid peut-être ? Et qu'avait-il bien pu vouloir dire à la fin du foutu post-scriptum qu'il avait ajouté : *Correspondingly, pictorial space blending into terrestrial space became at once a motif to dwell on ?*

Pleines de ces interrogations, nous sommes allées toutes les deux dîner au Jardin d'Artémis, le restaurant où il m'invitait chaque fois qu'il venait à Paris. Nous nous sommes assises à la table où Christopher s'asseyait toujours. Avons commandé son vin préféré, du Cahors. La jeune et jolie patronne, Athis, a pleuré lorsque je lui ai annoncé que Christopher était mort. Elle m'a dit qu'elle avait souvent reçu des lettres de lui, et gardé des poèmes qu'il écrivait pour elle sur des coins de nappe. Elle avait de grands cheveux noirs, quelque chose d'un peu oriental bien sûr. Elle venait d'Istanbul. À la fin du dîner, elle nous a offert une liqueur, très sucrée, turque, au citron. Nous avons toutes les trois levé nos verres et, les yeux brillants, dit : « À Christopher ! »

In memory of Christopher Middleton
Poet, 1926-2015

La maison de Michèle

L'anse courbe du panier d'osier
Le sol rouge de tomettes inégal d'être foulé
À hauteur de genou le cadran d'une horloge absente
Marque invariablement six heures moins vingt

La jatte de bois vide de pommes
Pelotes et écheveaux de laine dans le panier d'osier
La procession de coquilles d'oursin sur la cheminée
Les aiguilles en oblique percent la laine

En couleur les pochettes des 33 tours rangés
Volutes de plantes que j'arrosais
Rose de la laine et de la bougie dressée
Ours de neige et lapins doux pour Lola

Soleils levants des coquillages tricotés dans un châle
Le tombé du châle suspendu inhabité
Un mobile devant la fenêtre assemblage de baguettes et canards
La saveur du vin retenue un instant derrière les dents

La patère invisible
L'absence d'électricité
Le pot de fleurs a inondé la note de téléphone
Le minuscule oiseau blotti sur la cheminée

Le loquet levé la fenêtre s'ouvre
La brise fouille la chemise à la recherche de la chair
Tous ces indices pour détecter son rire
L'événement du mot dans une voix particulière

Courbe du bec de l'ibis sacré
Cœur de la légende enfermé dans un double indéfinissable
Sphères qui n'atteignent la pensée qu'en courbes clairement visibles
Deux fentes dans la poutre en bois les assombrissent

Les extrémités de la poutre taillées par une vieille hache
Loin de l'encyclopédie l'esprit du scribe s'élance
Course de la pointe du stylo sur deux bouts de papier
Le scribe fantôme sans nom

Christopher Middleton[12]
Traduction Françoise de Laroque

Les bienfaits du gaz et de l'électricité

Enfant, il a vécu avec sa mère dans un minuscule studio, sur les hauteurs de Nice. Ce soir-là, un feu d'artifice devait avoir lieu. Sa mère et lui sont allés s'asseoir sur un petit muret qui dominait la baie des Anges. Et ils ont attendu parmi d'autres gens, assis eux aussi sur le petit muret. Ils ont attendu, attendu. Il était très petit, n'avait jamais vu de feu d'artifice, il attendait avec impatience. Au bout d'un très long temps, sa mère a dit : partons, la municipalité a dû annuler. Ils ont sauté du petit muret et sont partis. Il était affreusement triste. En arrivant à la maison, ils ont entendu le bruit lointain du feu d'artifice qui commençait. Ce n'est pas grave, a dit la mère, on va l'écouter à la radio. Ensemble ils ont écouté le feu d'artifice à la radio avec grande attention. « C'était un feu d'artifice magnifique », dit-il parfois, « sans doute le plus beau que j'aie jamais vu ».

o

« C'était la guerre. J'avais trois ans et je fus pris d'une furieuse envie de tamponner la porte de la cuisine. J'y étais seul comme souvent. Je me saisis du timbre en caoutchouc. (Je revois le tank. Sa forme ramassée, agressive.) Je dus commencer par le bas de la porte et, ça y était, un mouvement me portait vers l'inconnu. J'y voyais sans doute une offrande à ma mère (l'attendre était mon occupation majeure). Elle verrait, elle apprécierait. Elle me verrait surtout ! Je me souviens aussi d'une chaise sur laquelle il me fallait grimper pour atteindre une hauteur jugée alors considérable. C'est ainsi que dans les années 40, une porte devint quelque chose d'autre. Une étendue illimitée que je tentais en vain de contrôler. » Ainsi raconte l'enfant une fois devenu grand.

°

Sa mère le changeait tout le temps d'école. Était-ce parce qu'elle menait une vie hasardeuse qui la conduisait ici ou là ? Ou pour éviter que son père ne retrouve sa trace ? Parfois elle le laissait plusieurs mois dans telle maison, chez un vieux médecin en Bretagne, dans une famille en Savoie. Elle laissait là l'enfant, qui se débrouillait à survivre, s'adapter, se bagarrer, supporter son absence, qui finissait par connaître par cœur les quelques livres qu'elle lui avait laissés ; il l'attendait. Il y eut une année pourtant, il était encore petit, qu'il passa presque tout entière dans une école primaire, à Nice. C'était la première fois qu'il avait le même instituteur pendant si longtemps. Cette année-là, un concours eut lieu, ouvert à tous les écoliers de la ville. « En quoi l'électricité et le gaz de France améliorent-ils la vie ? » C'était le sujet à traiter. Il est entré chez lui en pensant très sérieusement aux bienfaits du gaz et de l'électricité, il a longtemps médité, puis il a écrit des pages et des pages, a rendu la rédaction à l'instituteur, et s'est mis à attendre avec espoir et anxiété le résultat du concours. Pour des raisons comme toujours incompréhensibles, sa mère l'a retiré de l'école la semaine suivante. Les résultats ne furent publiés qu'après son départ. Grâce à sa rédaction, son école avait obtenu, en son absence, le premier prix de la ville de Nice. Et il avait gagné une gazinière qui était exposée dans la vitrine du plus grand magasin d'électro ménager de la ville. C'est seulement des mois plus tard, en plein été, que lui et sa mère sont allés voir la vitrine. La gazinière trônait fièrement, un petit cartel indiquant le nom de l'école, et celui du lauréat – le sien. La vitrine exposait aussi l'article qui était paru sur le sujet dans Nice Matin. La gazinière a beaucoup plu à sa mère, elle était contente. Enfin son fils lui avait procuré quelque chose d'utile. Elle l'a gardée toute sa vie. Mais il se souvient surtout de sa joie quand, ouvrant le four, elle y découvrit un livre de recettes provençales. Cela a été le moment où l'émotion a été la plus forte, dit-il

o

Dans le nouveau restaurant israélien de la rue de Lancry, un samedi à l'heure du déjeuner. C'est plein. Beaucoup de jeunes couples avec des bébés. Des poussettes, des landaus, des enfants qui courent, des parents décontractés ou harassés. Derrière nous, un petit garçon et une petite fille installés sur un canapé (la déco est un peu foutraque, rien n'est assorti, chaises dépareillées, beaucoup de métal, du bois, c'est ce qu'il faut en ce moment pour être à la mode). Un canapé donc, le seul de son espèce, recouvert d'un épais velours jaune. Deux enfants, tout petits, à genoux devant le canapé, caressent le tissu dans un sens, puis dans l'autre. Et recommencent. Ils s'intéressent de près au changement d'aspect que la caresse provoque. Quand ils passent la main dans un sens, le velours brille, dans l'autre le brillant disparaît, le tissu devient opaque. Ils recommencent encore. Personne ne remarque ce qu'ils sont en train de faire. Sauf celui qui, petit, écoutait le feu d'artifice à la radio, tamponnait la porte de tanks, et gagnait des concours de rédaction : il les observe avec intérêt. Puis il dit : « Très peu de choses sont à la portée des enfants, mais celles qui le sont, ils s'en emparent vraiment ».

°

Le matin, la terrasse de Vassili était encore à l'ombre, c'était tranquille et frais. À la table la plus proche de la porte du café, contre le mur, Iannis était déjà installé devant un ouzo. C'était un vieux pêcheur d'éponges, qui avait du mal à marcher, était perclus de douleurs – la pêche des éponges dans le temps était très mauvaise pour le corps, le fait de retenir sa respiration, de descendre sans doute très profond et de remonter et redescendre toute la journée à un rythme terrible, laissait les vieux pêcheurs infirmes et pauvres. Iannis dormait dans une espèce de cagibi sur le port. Quand il faisait très chaud, il laissait la porte entrouverte, et vous pouviez le voir dans son lit, la bouteille d'ouzo jamais très loin, qui vous saluait cordialement. Il était accepté et aimé de tous.

Ainsi étions-nous assis non loin de lui ce matin-là à la terrasse de Vassili. Quelques ouzos plus loin, Iannis tombe de sa chaise. Autour de lui personne ne bouge. Il s'allonge alors confortablement par terre, sur le côté, près de sa chaise, et la vie continue. Les gens passent, lui balancent un salut, qu'il rend avec sa cordialité coutumière. Une femme qui sort de chez le marchand de légumes tout près, vient vers lui, et lui demande s'il veut bien garder ses courses, ce qu'il accepte aimablement. Elle accroche son panier à la chaise, lui toujours par terre. Et elle part vaquer à ses occupations.

C'est le genre de scène que remarque et observe avec intérêt celui qui, petit, écrivit des pages et des pages sur les bienfaits du gaz et de l'électricité, et une fois grand, logiquement, devint poète. Il dit de celle-ci : « C'est une île où chacun a sa place, son rôle à jouer ».

Que fait une muse, au juste ?

C'est toujours moi qui prenais les billets d'avion. Puis une fois sur place, c'est moi qui, à chaque fois, trouvais une maison, en négociais le prix dans un grec classique qui me venait de l'école, mêlé de quelques leçons d'Assimil. En général j'arrivais à des résultats satisfaisants, sauf la fois où le type a bien voulu me louer sa maison, mais il y avait quelque chose dedans, disait-il, un mot que je ne connaissais pas, un truc, en grec « *ammos* », qu'est-ce que ça voulait dire ? Qu'est-ce qu'il pouvait bien y avoir dans cette maison ? Quel truc ? Quelles affaires – pragmata ? Il fallait la louer sans la visiter, elle était au bord de la mer, de l'autre côté de la colline, nous étions fatigués, alors d'accord, nous avons payé pour les premiers jours, nous avons traversé la colline, et découvert la maison. *Ammos*, cela veut dire sable. La maison était constituée d'une seule pièce occupée par un immense tas de sable. Et c'est tout ce qu'il y avait. Nous y sommes restés une nuit, dormant par terre au bord du sable, agrippés à lui, glissant toute la nuit sur ce sable qui coulait. C'est difficile de vivre dans un tableau de Magritte.

« *Rien devant la mer. Une table est face au monde. Comme un ultime point d'appui. Un ultime retranchement. Ou encore un malaise grammatical.* »

C’est moi qui ai trouvé la table de l’autre côté du village, et qui l’ai portée sur ma tête, comme une femme africaine, jusqu’à la maison, et l’ai installée pour lui, là, devant la fenêtre, afin qu’il puisse écrire, après y avoir disposé des objets, comme autant de grigris :

« *Clous. Timbres. Gomme. Photos. Argent. Cela dans une mémoire, un réduit insituable. Les vêtements. Le mur. Les étoffes du mur. Une seconde et c’est le démembrement mental. Une autre, le puzzle se reconstitue. Le corps tient.* »

Les étoffes du mur étaient nos vêtements, qui pendaient là, faute de placards. Je faisais les courses, la cuisine, je chassais les importuns, refusais strictement les invitations à dîner, n’avais pas le droit d’en lancer. Je pouvais accepter les promenades en barque, ou aller faire le tour de l’île à pied, mais lui ne venait jamais avec moi. Il considérait tout cela comme bavardage, mondanité et agitation.

Pour autant (pour avoir trouvé la maison et porté la table et remédié à l’absence de placard, accompli toutes les tâches domestiques, assuré le service d’ordre et accepté une certaine solitude) suis-je dans le livre ? Oui, furtivement, ici :

« *L’œil dans la grammaire. Le temps des syllabes dit-elle* (…) »

Qu'ai-je bien voulu dire ce jour-là, par « le temps des syllabes » ?

Et peut-être ici aussi :

« *Elle ouvre un livre et me parle de son enfance.* »

J'ai assisté à tous les événements qui ont servi de matière première au livre, j'ai vu le gros marchand de légumes par exemple, qui venait de recevoir une lettre :

« *On ne sait comment l'émotion arrive, se déverse. Je le vois, contre ses fruits, debout, déchiffrant de l'œil et des lèvres des lignes à la calligraphie houleuse. Et l'impression de voir battre son cœur.* »

Je lis « les marchandises sur le quai » et je revois le si beau bateau plein de fruits et de légumes qu'il débarquait régulièrement pour approvisionner l'île.

« *Du mort, habillé de neuf et promené par la ville, à la bête dépecée, portée, elle, comme un colis* »

J'ai vu moi aussi le mort couché, endimanché, sans linceul ni cercueil, porté en l'air, entouré par les hommes de l'île, suivis des femmes et des enfants. Et la bête dépecée, je revois encore les deux bassines sur le sol de la cour, rouges de sang. Le père avait tué une chèvre. D'un côté, il avait mis les muscles, la viande. De l'autre les poumons et le cœur. Et son petit garçon jouait à souffler dans la trachée pour faire gonfler les poumons.

« *L'autre contient les poumons et le cœur* »

… est le titre énigmatique et beau de l'avant-dernière séquence du livre commencé cette année-là dans l'île.

J'ai assisté à tout cela, en vrai, et c'est devenu un très beau livre, intitulé *Les objets contiennent l'infini*[13].

Je n'y pensais pas, je n'attendais rien. Mais j'ai été un peu surprise, lorsque le livre est paru, de voir qu'il était dédié à une autre femme.

Les muses ne sont pas celles qui portent sur leur tête les tables d'écriture.

6.

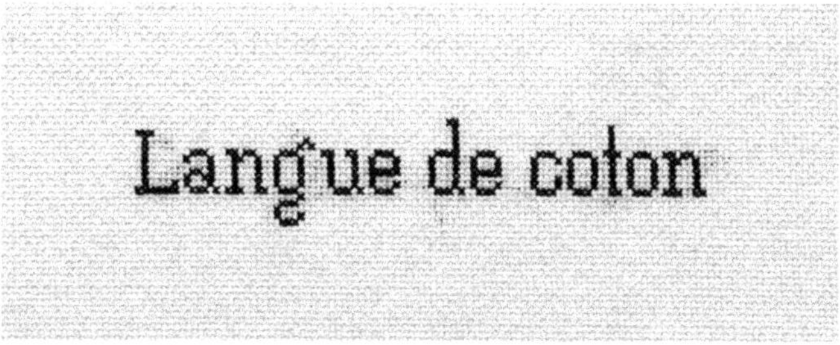

Comment les idées viennent aux poètes. Comment Orange Export Ltd n'a jamais exporter une seule orange. Comment les poèmes n'ont pas besoin d'être longs pour être beaux. Comment même Samuel Beckett a écrit un monostiche. Comment je me suis acheté des petits ciseaux dorés. Comment je ne connais ni le point de chaînette ni le point de tige, seulement le point de croix. Combien les contraintes sont inspirantes. Comment le x n'a rien à voir avec le +, et pourtant. Comment j'ai inventé une langue avec Jean-François Goyet. Comment j'essaye toujours de rendre claires des choses incompréhensibles. Comment broder des poèmes est plus sexy qu'on ne le croit. Comment « L'es - comme le temps – pace » ! Comment l'éditeur a découvert que ma grand-mère avait tort. Comment une fois qu'on a fini de corriger, il faut encore corriger.

En 1981, Emmanuel Hocquard et Claude Royet-Journoud ont entrepris de rassembler, en quelques pages d'une revue, des monostiches. Qu'est-ce qu'un monostiche ? C'est un poème d'un seul vers.

Par quel cheminement Claude et Emmanuel en sont-ils arrivés à cet intérêt pour le *one line poem* ? Ils passaient alors beaucoup de temps ensemble, poursuivant une conversation ininterrompue, dans la rue, les cafés, à Paris, à Valleraugue, à Malakoff. Dans tous les lieux où ils se trouvaient ils parlaient de poésie, d'écriture, de revues, d'impression, de textes – textes que Claude écrivait, qu'Emmanuel éditait, textes d'Emmanuel que Claude commentait, textes d'écrivains ou de poètes dont ils se sentaient proches. Emmanuel avait créé quelques années plus tôt, avec Raquel, une petite maison d'édition « Orange Export Ltd. », qui était au centre de toutes leurs préoccupations, occupait leurs journées, leurs soirées, les nuits d'Emmanuel et ses dimanches : car il pouvait disposer alors d'une très ancienne presse grâce à laquelle il imprimait un à un des livres de poèmes de quelques pages à quelques exemplaires – neuf plus exactement pour la collection « Chutes » – non pas par choix élitiste (bien que ces livres soient devenus très précieux plus tard), mais parce que c'était tout ce qu'il pouvait imprimer dans le temps où la presse lui était prêtée chaque week-end.

C'est aussi en partie pour des raisons pratiques qu'ils en sont arrivés au monostiche : Raquel avait à l'époque lancé l'idée d'une revue, *La Gazette du Lecteur,* et proposé d'en confier une section à Emmanuel et Claude – section qu'ils ont immédiatement décidé d'appeler *LZ*, initiales de Louis Zukofsky, poète objectiviste américain, à qui tous deux vouaient une grande admiration. Le problème était que Raquel ne leur donnait que très peu de pages. Comment mettre beaucoup d'auteurs dans un espace réduit ? Le monostiche leur est apparu comme la solution. Claude, à qui rien de ce qui se publie en poésie n'est étranger, savait que la revue américaine *Roy Rogers* (une revue de poésie avec un nom de cow-boy !) avait consacré son numéro de l'hiver 74 au *one line poem.* Et bien sûr il avait lu Emmanuel Lochac, l'émouvant introducteur du monostiche en France dans les années 30.

Un papier à en-tête aux initiales de LZ fut imprimé, et envoyé à tous les écrivains – français, américains, anglais, italiens, grecs, danois ou turcs – que Claude et Emmanuel estimaient, avec cette demande très particulière : envoyez-nous un poème de un vers. Ce qui donna lieu à une grande activité épistolaire, et au fur et à mesure qu'arrivaient les réponses, provoqua de nouvelles conversations passionnées.

Car le monostiche est passionnant : il pose toutes les questions propres au poème. La question du vers, la question de la rime (puisque même sur une seule ligne il peut y avoir une rime interne), la question du rythme, celle du titre (un poème de un vers peut comporter un titre, il se compose donc alors de deux lignes, mais ne doit pas pour autant devenir un distique – qu'est-ce donc qui distingue un titre d'un vers ?) Mais surtout, chaque monostiche reçu leur permettait d'affiner ce que l'on peut attendre d'un poème, de le distinguer de ce qu'il n'est pas. Un poème d'un vers n'est pas un aphorisme par exemple. Trop plein de sens, trop évident. Beaucoup d'écrivains invités envoyèrent des poèmes trop longs, trop explicites, sentencieux ; ou des poèmes qui n'étaient qu'un vers détaché d'un poème plus long. Certains choisirent l'humour, d'autres restèrent enfermés dans une image, une métaphore. La plupart, anxieux de la contrainte d'une seule ligne, essayèrent de bourrer cette ligne d'un excès de sens. Il apparaissait de plus en plus à Claude et Emmanuel que le poème ne devait pas trop dire. Qu'il ne devait pas même essayer de dire. Il devait être, c'est tout, et « marcher ».

Il importe assez peu que Raquel n'ait finalement jamais fait sa revue, que *La Gazette du Lecteur* n'ait été rien d'autre qu'un titre et *LZ* du papier à en-tête. Les monostiches commandés en 81 parurent en fait des années plus tard, en 1986, d'abord dans *Notes* une autre revue de Raquel, et quelques mois plus tard dans l'anthologie d'*Orange Export Ltd* que publia Flammarion[14].

En voici quelques-uns, mes préférés :

UNE BARQUE BRÛLE SUR LES REMBLAIS DU PORT
Elle ignorait qu'elle ne connaîtrait plus jamais cela.
Anne-Marie Albiach

VENT DE TERRE
Onze battements de cœur sur une ligne
Bernard Collin

away dream all away
Samuel Beckett

LOVE
Someone else.
Robert Creeley

JOIE
À force de vouloir, à force de faiblir, enfin des larmes.
Robert Pinget

SEX
such fucking confusion
John Levy

I WRITE THE LAST LINE OF MY ONE-LINE POEM
And then I write the first line of my next one-line-poem.
Paul Auster

HAINE (IMPOSSIBLE) DE LA NOSTALGIE
Ce matin, œufs jaunes, café. Et après, la rue.
Leslie Kaplan.

Dans l'agence de publicité où je travaillais, il y avait une jeune femme qui tous les jours, à l'heure du déjeuner, sortait son ouvrage, et brodait au point de croix. Des alphabets, des fleurs, des chiens et des chats. J'ai tout de suite aimé les fils de couleur, la toile, la naïveté des figures, le geste, le silence et la concentration qui entouraient son occupation. C'était à la fois féminin, enfantin, consciencieux et joyeux.

Je lui ai demandé de m'apprendre. Il lui a fallu cinq minutes pour me montrer comment on faisait le point de croix. Puis elle m'a enseigné les quelques règles nécessaires : défaire les écheveaux et bien ranger les fils, de façon qu'ils ne s'embrouillent pas, broder avec deux fils à la fois, que l'aiguillée ne soit pas trop longue, ne pas faire de nœud, toujours commencer son ouvrage par le milieu, couper les fils, l'envers doit être aussi propre que l'endroit. Enfin elle m'a appris à compter les points pour pouvoir broder en suivant un modèle.

Je me suis alors acheté dans une mercerie des petits ciseaux dorés, un dé, un tympan, divers modèles – au début c'étaient des « kits » dans lesquels se trouvaient le morceau de tissu déjà découpé à la bonne taille, et les fils nécessaires à la fabrication de ce modèle-là, dont le dessin était sur l'enveloppe. Un paysage, un arbre, une fleur. Les plus jolis modèles étaient souvent anglais. Ces dessins étaient toujours entourés de lettres – des alphabets de différentes calligraphies. Et c'est ainsi que j'ai commencé à broder. Cela me faisait du bien, dans la vie d'executive woman et de mère affairée que je menais alors.

Un jour, j'ai pensé qu'au lieu de laisser ces alphabets dans leur ordre alphabétique, je pouvais en disposer les lettres de manière à faire des mots. Car j'avais à chaque fois à ma disposition le modèle typographique des 26 lettres à partir desquelles je pouvais composer tous les mots que je voulais ! Puis j'ai pensé à laisser des espaces entre les mots, et donc à faire des phrases. En somme, à partir de l'alphabet, je découvrais l'usage que l'on pouvait en faire : la possibilité de l'écriture, avec application, en allant sincèrement de découverte en découverte. Alors, j'ai pu glisser des messages – pour ma fille par exemple – au milieu de paysages bucoliques de maisonnettes entourées de petits moutons.

Peu à peu, je suis devenue plus experte en broderie. J'ai connu les merceries où les modèles étaient les plus intéressants. La première a été celle de la rue de l'Église à Neuilly qui proposait surtout des modèles anglais que je trouvais délicieux. À Paris, il y en avait une très à la mode, rue St Martin, où des jeunes femmes dans l'arrière-boutique semblaient passer leurs journées à broder en causant. Une autre était située Passage Verdeau – l'une de ces magnifiques galeries couvertes d'une verrière, revêtues de marbre, qui abritent les boutiques les plus anciennes et les plus élégantes de Paris. Celle-ci s'appelait « Le bonheur des dames ».

Je me suis mise à acheter des livres – celui de Régine Desforges d'abord, une mine de modèles anciens et d'idées que je copiais sans vergogne, puis d'autres. Peu à peu je me suis constitué une vraie bibliothèque. Entre temps, étaient nés les achats en ligne et chaque fois que passais une commande, il m'était répondu : les gens qui ont aimé ce livre-ci, ont aussi aimé ces livres-là. Et comment résister à tous ces modèles de bateaux, d'instruments de musique, de fleurs ou d'oiseaux, ces alphabets de Sajou, Rouyer ou Alexandre ? – jusqu'à ces deux énormes volumes de *Bible du Point de Croix* qui proposaient toutes les typographies possibles et que je feuilletais comme le plus passionnant des romans.

J'ai exploré les merceries de l'étranger. Celle de Liberty, à Londres, où je passais des heures, découvrant, en plus du point de croix, le « petit point » qui se fait avec des fils de laine, sur des canevas plus épais : les modèles en étaient très british, souvent ironiques : une vache broutant l'herbe d'un pré, dont j'ai fait un coussin aujourd'hui très usé, un énorme chou redoutable à broder à cause de toutes ses nuances de vert entre lesquelles il ne fallait pas se tromper (j'ai dû d'ailleurs l'abandonner : je me suis tellement trompée que le chou devenait illisible). Le rayon broderie de Liberty était une caverne d'Ali Baba remplie de trésors qui allaient de la boite pour ranger les aiguilles à d'exquis petits ciseaux dorés, des modèles tellement kitch qu'ils en devenaient discutables (je me souviens d'une certaine poire sur fond noir) ou des couleurs de fils inédites.

Alors, dans chacun de mes voyages, je me suis mise à chercher les merceries – je connais toutes celles de Dublin, Bruxelles, ou Amsterdam. Je crois avoir compris à ce moment que la broderie était plutôt affaire de gens du Nord. C'est là que les couleurs en étaient les plus subtiles – jamais des couleurs franches, mais des nuances, de beige, de gris, de vert, de marron, de rose, des couleurs voilées, que l'on appliquait sur des tissus jamais tout à fait blancs. Je connaissais depuis le début la toile Aïda, de coton, très jolie mais un peu grossière, et j'ai découvert alors l'étamine, puis le lin, plus fin, parfois très fin, grège, ou gris ou, quelle que soit sa couleur, délavé.

Pour le fil à broder, en France, c'est le monopole de DMC (une enquête rapide me fait savoir que la société Dollfus-Mieg et Compagnie serait plus ou moins en faillite, ce qui me fait trembler d'avance de manque et de nostalgie). Dans chaque mercerie digne de ce nom, il y a un tourniquet DMC, plein de fils de toutes les nuances de toutes les couleurs, et chacune est numérotée. Je sais de mémoire que le rouge le plus fameux est le numéro 666. Mais il y en a des centaines et je suis souvent allée, au milieu d'un ouvrage, avec un reste de fil en cours, retrouver la nuance exacte de la couleur qui allait me faire défaut, en faisant de longues et hésitantes comparaisons.

J'ai rencontré d'autres magasins enthousiasmants plus au Sud, au Maroc, de minuscules échoppes dans les souks de Tanger ou d'Essaouira. Des murs entiers de fils aux couleurs brillantes, rutilantes, vibrantes, que l'on pouvait penser de soie, mais qui étaient le plus souvent faits de matières synthétiques, et qui se sont révélés difficiles à broder, car ils faisaient continument des nœuds, tant ils étaient fins et glissants. (Non, bien sûr, la broderie n'est pas seulement affaire de gens du Nord, on en fait de très belles au Portugal, au Maroc, en Tunisie, et encore ailleurs, partout où il y a des femmes, du temps et de la lumière).

Je ne me souviens plus du moment où Jean-François Goyet a entrepris d'écrire pour moi des monostiches à broder. C'est sans doute après la parution de l'anthologie de Claude et d'Emmanuel. De tous les écrivains invités, Jean-François était le seul à n'avoir jamais vraiment encore publié de poésie. Il était scénariste – le scénariste attitré de Jacques Doillon, parmi d'autres. C'était l'un de mes anciens camarades de classe, nous nous étions connus en Khâgne, au Lycée Lakanal. Claude qui avait vu certains de ses textes personnels, l'avait invité à participer à l'aventure du monostiche. Jean-François lui en avait envoyé plusieurs, dactylographiés sur des feuilles de papier à rouler « Le Zouave » – un monostiche par feuille. Parmi eux Claude avait choisi celui-ci, qu'il considérait comme l'un des plus réussis de l'anthologie :

DÉ
La main berce le don

Il était beau, dans son économie, sa sonorité, et la justesse de son image.

Jean-François n'était ni vaniteux ni mondain. Il écrivait dans son coin, sans avoir grande idée de la valeur de ce qu'il produisait (je crois bien que Claude connaissait mieux son travail que lui-même). Il était incroyablement prolifique, aimait surtout jouer avec les contraintes comme on fait des exercices de mathématiques – et si cela plaisait à quelqu'un, tant mieux. Il avait déjà produit des choses étonnantes, comme un long poème pornographique, dont il était un peu gêné lui-même, mais voilà, il l'avait écrit et il était splendide (on peut le lire dans la revue *Nioques*, de Jean-Marie Gleize). Et puis un très long texte sur le métro parisien – dans lequel chacune des stations était citée.

Faire des poèmes de un vers, oui, c'était une contrainte qui l'intéressait. Il a continué après la parution de l'anthologie. Est-ce lui qui a pensé à écrire pour moi des monostiches à broder ? Ou moi ? Nous ne le savons plus. A priori, Jean-François n'était en rien concerné par la broderie, à un souvenir près : celui d'un grand ouvrage encadré dans la maison de son père, qui avait été fait par des religieuses. Il s'agissait de la liste des rois de France qu'elles avaient brodée en utilisant leurs propres cheveux en guise de fils. Jean-François a été très impressionné et inspiré par ce tableau. Il m'en parle souvent.

Un jour, il m'a envoyé, sur deux feuilles de papier A4, une vingtaine de textes dont chacun était constitué d'un titre et d'un vers.

C'étaient des monostiches dont le sujet était la broderie elle-même – et d'abord le point de croix, qu'il avait immédiatement associé au symbole catholique de la croix. C'était un étonnement pour moi, je n'y avais jamais pensé. Il est vrai que la croix de la broderie est un x, alors que celle du Christ est faite du croisement d'une ligne verticale et d'une ligne horizontale. Mais il est vrai aussi que je m'appelle Cohen et que lorsqu'il est question de point de croix ma première pensée ne va pas à la crucifixion. Quant à Jean-François, il s'appelle Goyet, comme «goye» – nous en avons suffisamment plaisanté lorsqu'il a épousé Catherine Quesemand, qui était avec nous dans la khâgne de Lakanal, et dont le nom, originairement Kiejmann avait été transformé par son père dans la douleur de la fin de la guerre qui avait exterminé sa famille. Que «goye» épouse une jeune fille au nom juif et au père méfiant, oui, cela nous avait réjouis. Que Goyet écrive des textes sur la croix pour Cohen, cela me fait encore sourire.

Variations sur la croix donc, plusieurs de ses textes s'amusaient à entremêler des allusions à l'histoire du Christ avec le travail de la broderie. Le plus parlant est sans doute celui-ci :

CHEMIN DE CROIX
Aux six crucifix deux genoux pieux

Le «chemin de croix», on le comprend, est celui du Christ, mais aussi celui de la ligne une fois brodée au point de croix sur le tissu. Les six crucifix, sont les six x qui terminent chacun des six mots du vers unique du poème. Quant aux genoux pieux, il s'agit de ceux du suppliant, mais aussi de ceux de la brodeuse, qui tient l'ouvrage sur ses genoux (le jour où j'ai brodé ce vers dans des couleurs ecclésiastiques, à la terrasse d'un café, il est clair que mes voisins, me voyant penchée sur cet ouvrage dévot, m'ont prise pour une bigote !)

Un autre texte est une allusion directe à la croix des catholiques :

LANGUE DE COTON
Où les lettres se signent de mille baisers analphabètes

Le titre en désigne de façon directe ce que Jean-François et moi inventons ensemble, lui en écrivant des textes, et moi en les brodant. Quant au vers, il est riche de mille sens : on signe une lettre, mais on se signe en faisant le signe de croix, on peut imaginer que la lettre de l'ouvrage se signe, car elle est faite au point de croix. Le signataire analphabète est celui qui signe d'une croix, quant aux baisers analphabètes, ils consistent dans les petites croix que l'on met à la fin des lettres, comme autant de bisous.

On l'aura compris, les textes de Jean-François sont riches de sens, ils en sont même pleins comme un œuf, ils s'amusent à tricoter ensemble des éléments hétérogènes, ne redoutent pas les calembours, les jeux de mots discutables, presque les rébus. Beaucoup se présentent comme des énigmes qui pourraient se contenter de rester de belles énigmes – après tout beaucoup de poèmes le sont et on ne leur demande rien de plus que d'être de belles énigmes. Seulement je devais les broder, et pour savoir comment les broder, j'avais besoin de les comprendre. J'ai souvent demandé à Jean-François ce qu'il avait voulu dire précisément dans tel vers, il me l'a expliqué à chaque fois. Et je dois dire que bravement, je n'ai jamais abandonné l'espoir de rendre graphiquement clairs les doubles, triples et quadruples sens de ses textes. Je n'y suis pas toujours arrivée, mais j'ai passé beaucoup de temps à imaginer des solutions.

Parmi les poèmes que m'a envoyés Jean-François, plusieurs évoquaient les gestes de la broderie, l'attitude de la brodeuse sous la lampe, l'ouvrage posé sur ses genoux ; la façon dont elle l'enfile l'aiguille ; le jeu des fils sur le tissu, suture, nerf qui relie ; leurs couleurs, l'aiguille qui pique, telle une abeille, ou tel un perce-oreille ; le cercle qui maintient la toile tendue, que l'on appelle le tambour ou le tympan ; l'endroit du tissu et son envers où les fils se mêlent ; les nœuds, le temps qui passe à l'ouvrage. Tout cela faisait l'objet d'images, de jeux de sens qui s'emboitaient les uns dans les autres. J'aimais tous ces poèmes, je les trouvais beaux.

(Un jour, Jean-François a ouvert le mot « espace » en deux, pour y glisser le temps. Lorsqu'on dit le poème à haute voix, on entend l'espace, mais on entend aussi que le temps passe. On entend « Laisse, comme le temps passe », un peu comme on dirait « laisse aller, c'est une valse »)

Mais tous ces textes, comment les broder ? Sur quel tissu, de quelle couleur, quelle épaisseur de toile ? En coton ? En lin ? Fin ? Très fin ? Avec quels fils ? De quelles couleurs ? Quelles typographies ? La même pour le titre et le vers ? Avec quel interlignage ? Quel interlettrage ? (La seule règle, et Claude a été suffisamment strict sur ce point pendant des années, c'est que le vers d'un monostiche doit être sur une seule ligne. Il ne fallait pas plaisanter avec cela. Je n'ai jamais eu le droit de couper un vers en deux ou en trois. J'ai pu parfois biaiser mais très rarement. À la longue, j'ai fini par souffrir un peu de cette horizontalité). Mais fallait-il se contenter du texte ou devais-je l'illustrer ? L'enjoliver de frises ? Il y avait là une nécessité de mise en scène. Et pour faire cette mise en scène, j'avais à ma disposition les moyens de la broderie, ses lettres anciennes et ses images naïves.

C'était en 1993. J'étais en vacances à Majorque, c'était l'été, il y avait donc assez de lumière pour broder, et je n'avais pas encore besoin de porter de lunettes, j'ai commencé par le premier poème de la liste. Il disait

AIGUILLAGE
Pour qu'un double brin voyage en chemin de vert

Il y avait le calembour du chemin de fer, le double brin de fil nécessaire au point de croix, l'aiguillage comme l'aiguillée. J'ai brodé un petit train, des rails pour servir de frise autour du vers. En haut j'ai déplacé un peu les rails pour y glisser le titre. J'ai brodé le texte avec pour chaque mot un vert un peu plus foncé, pour donner l'idée du voyage « en chemin de vert». C'était comme un petit théâtre. Je tenais ma mise en scène. Elle éclairait, me semblait-il le texte, sans abandonner la naïveté des ouvrages de dames. J'étais contente.

Ainsi ai-je fait ensuite pour tous les autres textes, en essayant de trouver à chaque fois une mise en scène, une idée formelle qui était une lecture du poème que je donnais à voir. Avec le temps, le travail est devenu moins naïf, moins décoratif, plus conceptuel. Parfois, je prenais le texte au mot. C'est que sur la proposition de Jean-François, de broder des textes qui avaient la broderie pour sujet, je faisais en somme de la méta-broderie. Entreprise sophistiquée dont je devais essayer d'être digne. J'essayais. Ainsi pour le très beau poème :

DOUX SECRET
Il dort dans la mêlée qu'elle trame à l'envers

… j'ai brodé le titre sur une face du tissu et le vers sur l'autre face, de façon à faire apparaître en dessous du titre l'envers d'un texte, avec ses fils entremêlés qui le rendaient illisible – à moins de retourner le tissu.

Pour le poème intitulé

PROPOS DÉCOUSUS
Mais le brin suture ce que la plume a fendu

… J'ai brodé le titre dans une typographie suffisamment grande et épaisse pour pouvoir le découdre ensuite et ne laisser sur le tissu que des bribes de fil qui permettent tout de même de deviner les mots. J'ai littéralement décousu les propos, avec une grande jubilation.

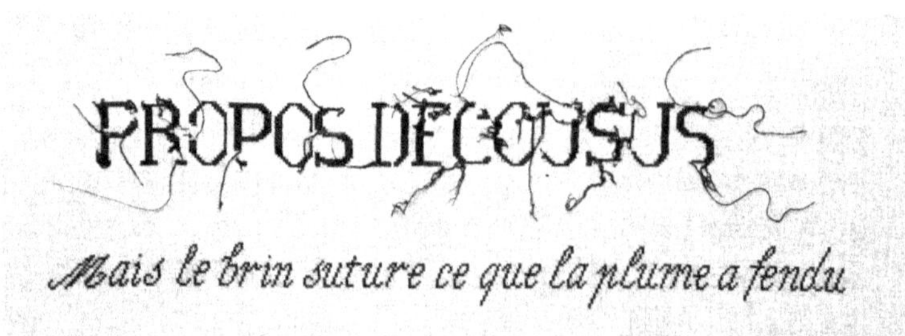

Petit à petit, j'ai découvert timidement que la toile n'avait pas seulement un envers et un endroit, mais qu'on pouvait aussi la plier, la froisser, y faire des creux.

Ainsi ai-je conçu

LAPSUS
Vite coudre ces lèvres grandes fermées

… dans une sorte d'effervescence érotique, en découvrant que je pouvais donner du volume à mon ouvrage tout en exprimant la violence de l'interdiction de parler ou celle d'une virginité recousue.

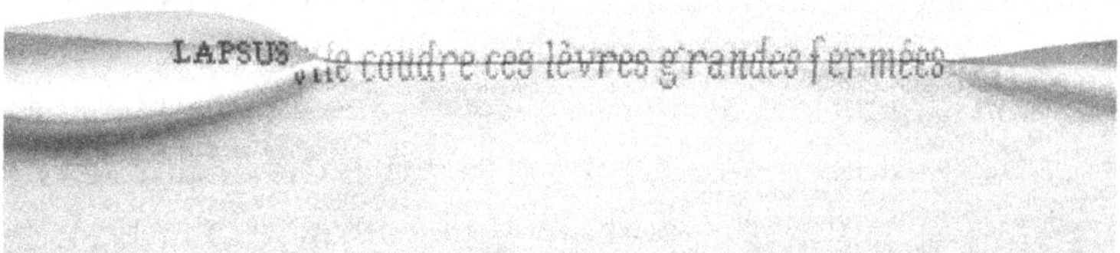

Quant au poème intitulé

CICATRICES
Sutures savent s'y faire, non s'y taire

… j'ai coupé la toile, en ai rassemblé les morceaux, et j'y ai mis du fil de chirurgien, celui qui sert à recoudre les blessures, pour un ouvrage qui avait quelque chose de Frankenstein.

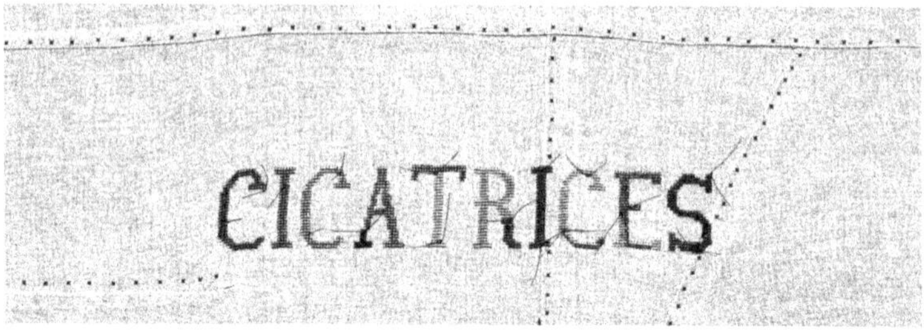

Tout cela est toujours demeuré plutôt correct, plutôt propre. J'ai continué à respecter la ligne horizontale du monostiche, le cadre de l'ouvrage de broderie. Un « vrai artiste » y aurait peut-être mis plus de désordre et de saleté, aurait bousculé le cadre plus violemment. Mais il me plaisait que mes audaces soient infimes, purement formelles, parfois allusives. Soit un cadre, très strict, quel plaisir de le faire bouger un peu, de le transgresser de façon minuscule.

Un seul monostiche a été écrit pour moi par un autre écrivain que Jean-François Goyet. Il est de Christopher Middleton. Le Christopher même qui m'envoyait de longues lettres du Texas et m'invitait à dîner chaque fois qu'il passait par Paris. Au cours de l'un de ces dîners, je lui parlai pour la première fois de mon travail, et lui demandai s'il voulait bien écrire pour moi quelque monostiche que je pourrais broder – ce qu'il accepta avec enthousiasme. Quelques semaines plus tard, je reçus une grande enveloppe qui contenait au moins vingt pages, avec sur chacune d'elles une dizaine de poèmes de un vers donc (qu'il a repris l'année suivante dans *Just look at the dancers* publié par The Sheep Meadow Press). Les textes étaient splendides, mais Christopher n'avait pas compris la contrainte. Le sujet de ses poèmes n'était pas la broderie. Je les ai lus et relus, et ai fini par en trouver un, dont on pouvait penser qu'il était un commentaire quelque peu ironique sur mon travail de brodeuse.

What a nuisance. High time for her to marry.

Ce qui peut se traduire par : Quel ennui. Vivement qu'elle se marie.

Je l'aimais beaucoup, je le trouvais beau et drôle. Pour en compliquer le sens, j'ai eu l'idée de broder autour de ce vers le nom de tous les amants de ma vie. Les vrais noms, de mes vrais amants. J'ai décidé d'y mettre tous ceux dont je me souvenais – il y en avait une vingtaine – que l'histoire ait été longue, ou de peu d'importance. Et j'ai commencé à les broder dans le désordre autour du vers de Christopher – qui était en gris – dans toutes les nuances de rouge, rose, orange, violet que j'avais sous la main, certains gros, certains petits, en minuscules ou en majuscules, non pour établir une quelconque hiérarchie entre eux, mais par choix purement graphique. Cela s'est révélé plus scandaleux et embarrassant que je ne pensais. Untel s'est demandé pourquoi son nom était plus petit que celui de tel autre. Quel était le critère ? La taille du sexe ? J'étais un peu gênée de montrer la liste à Untel qui ne savait pas forcément que j'avais eu une aventure avec Untel. Bref, là où je m'étais posé des questions de pure forme, j'étais rattrapée par le contenu.

Un petit garçon, fils d'un ami à qui j'étais en train d'expliquer le principe de cet ouvrage s'est étonné qu'il puisse y avoir autant d'hommes dans le cœur d'une seule femme. J'ai fini par laisser cette broderie inachevée et la cacher dans ce que je considère comme « l'Enfer » de ma boite à ouvrage !

1993-2013. J'ai mis vingt ans à broder les vingt poèmes que Jean François m'a un jour envoyés. Au fur et à mesure de leur fabrication, j'ai montré mes ouvrages à quelques personnes, très peu. Mais la plupart du temps, après leur avoir montré la nouvelle broderie, je la pliais et la rangeais dans ma boite à ouvrage. Certaines ont passé là une vingtaine d'années donc, sans recevoir beaucoup de visites. Mais pendant toutes ces années, je me disais : un jour, plus tard, quand nous serons bien vieux, je les montrerai, j'en ferai une exposition. Ainsi tout ce temps passé ne sera-t-il pas perdu – quelle chance inouïe ! – Il sera là, cousu, recousu, rapiécé, tissé, visible.

Je crois avoir, au fil des années, mis, dans ce travail, tout ce que je sais de l'image et du son, du montage de films et de radio, de la mise en page, du graphisme et le tout petit peu que je connais du théâtre. Je l'ai fait modestement, mais avec beaucoup d'exigence. La modestie est un avantage. Le fait de s'adonner à une activité qui n'intéresse pas grand monde, qui ne demande pas beaucoup d'espace, qui ne coûte pas cher, comme le dit Virginia Woolf avec tellement d'humour à propos de l'écriture des femmes, et de s'y livrer dans son coin, sans rien demander à personne, donne une merveilleuse liberté. Et si j'ai préféré faire un usage plus minutieux que flamboyant de cette liberté, libre à moi. Méticuleuse liberté.

Faire une note pour signaler que *Langue de coton* est extrait du catalogue d'une exposition de broderie[15]. Ajouter le poème de Borges que Hugo aimait tant. La lettre en arabe : faire un essai sur deux pages qui se font face, pour que le bain dans la langue étrangère soit saisissant. Raccourcir un peu Lévinas ? Arrêter le texte sur ma cousine à « au bout de quelques lettres ils s'épousèrent ». Ou peut-être pas ? Faire une note sur Rijnsburg. L'éditeur me signale que le poème patriotique est d'un obscur Edouard Siebecker. Une déception pour ma grand-mère qui était convaincue de réciter du Victor Hugo ! Ne pas corriger. Recompter les signes de « Écrire sur l'exil ». Vérifier la date d'apparition du mot « bouloche » en français. Remplacer partout « poème d'un vers » par « poème de un vers ». Reconstituer mon dernier message sur le cahier de réclamation de la piscine, qui énumérait toutes les misères faites aux usagers, et se terminait par : « Y a-t-il seulement quelqu'un pour lire ce que j'écris ? » Peut-être y a-t-il trop de listes. Relire l'ensemble en veillant une dernière fois à ce que tout soit écrit le plus sec possible. Et me demander à chaque fois : la femme qui écrit ce texte, sur quelle chaise est-elle assise ? Me promettre de lire *Le traité de la ponctuation française* de Jacques

Drillon – en particulier le chapitre sur les tirets. La quatrième de couverture : trop long. Ne pas essayer de tout dire.

Citations et Références

[1] Shirley Goldfarb, *Carnets. Montparnasse 1971-1980.* Édition établie par Grégory Mazurovsky, traduction Frédéric Faure & Helene Cohen, éditions La Table Ronde, 1994/2018.

[2] *La Faute à Rousseau*, n°75, Exil, juin 2017.

[3] Rinjsburg, petite ville des Pays-Bas dans laquelle vécut Spinoza entre 1660 et 1663.

[4] *Dubliné* désigne les demandeurs d'asile qui font l'objet d'une procédure selon le règlement de juin 2013 dit de Dublin. Cela les oblige soit à retourner vers le premier pays européen dans lequel ils sont arrivés, soit à se cacher et survivre pendant 18 mois avant de pouvoir demander l'asile en France.

[5] Jacques Roubaud, *Dix Doigts,* in *Strophes Reverdie.* Éditions L'Usage, 2019.

[6] Lydia Davis, *Histoire reversible.* Traduction Anne Rabinovitch, Christian Bourgois éditeur, 2016.

[7] Baruch Spinoza, *Traité de la Réforme de l'Entendement.* Traduction Roland Caillois. Bibliothèque de la Pléiade. Librairie Gallimard. 1954

[8] *De quelques spinozismes.* Entretien avec Emmanuel Lévinas. *Les chemins de la Connaissance*, France Culture, 1978.

[9] *La Faute à Rousseau*, n°83, Amours, février 2020.

[10] Edmond Jabès, *Le Livre des questions.* Éditions Gallimard, 1963.

[11] Jean Tardieu, *Conversation*, in *Monsieur, Monsieur.* Éditions Gallimard, 1951.

[12] Christopher Middleton, *Michele's Rooms*, in *The balcony Tree*. Éditions Carcanet Press, 1992. Traduit par Françoise de Laroque

[13] Claude Royet-Journoud, *Les objets contiennent l'infini.* Éditions Gallimard, 1984.

[14] Emmanuel Hocquard & Raquel, *Orange Export Ltd 1969-1986*. Éditions Flammarion, 1986.

[15] Extrait du catalogue de l'exposition de broderies *Langue de Coton*, Paris, Marseille, Venise, Beyrouth, 2015-2018.

Table

RETROUVEZ-NOUS

ET SUIVEZ NOS ACTUALITÉS

www.lepanseur.com

@lepanseur

@edPanseur

@les_éditions_du_panseur

#12
LE SORCIER BLANC
Mathieu Vivion

Il arrive que les plus grandes tragédies se jouent sur un bout de rue maquillé à la craie…

Des ruelles poussiéreuses de Ouagadougou aux pelouses des terrains de football européens, il n'y a qu'un pas, celui de l'espoir. Mais l'espoir peut rapporter gros à celui qui sait y faire : il suffit d'un peu de magie pour enfermer dans le creux de ses mains une armée de gamins qui rêvent d'étoiles brodées d'or.

Par dizaines, le Sorcier Blanc les tient sous sa semelle, monnayant leurs espérances comme leur vie. Jusqu'au jour où un jeune gardien de but abandonne tout désir de gloire pour faire équipe, et ose se dresser face à l'emprise du Sorcier Blanc

Avec ce premier roman, Mathieu Vivion nous livre une œuvre engagée et nous entraîne, avec poésie, à faire le lien troublant entre les réseaux exploitant les réfugiés et les rouages méconnus du monde footballistique.

« C'est brut, puissant. Un texte bouleversant qui boxe avec les mots, qui dribble avec les rêves et qui marque à coup sûr. »

Thibault Radenne - Librairie L'Écriture

#10
CHAMBRE 152
Isabelle Rossignol

« C'est trop tard. ».

Ce fut dit, un murmure entendu, une vérité qui a traversé les corps : la mort est à la porte, on l'attend. Mais les médecins et leurs machines prouvent, peuvent et décident du contraire. Non, il n'est pas encore temps !

De part et d'autre de la chambre 152 se joue le combat d'une fille dont la parole seule peut rompre le silence d'une mère mourante et ainsi faire valoir sa volonté.

À travers une écriture fragmentée, Isabelle Rossignol oscille entre puissance et douceur pour mieux glisser dans les silences tout ce qui peut se jouer dans la vie de deux femmes. Chambre 152 est un texte d'une grande intensité où se déploie le chaos des sentiments qui hantent ceux qui restent quand leurs proches les quittent.

> *« Ce livre est l'expression d'une émotion devant cette vie qu'on voudrait à la fois retenir et laisser partir dans la douceur. […] Chambre 152 est un texte pudique, où le travail d'écriture sert la capacité de parler à chacun. »*
>
> Alain Nicolas - L'Humanité

Avec le soutien de la région Auvergne-Rhône-Alpes

#11
LES ÉCHASSIERS
Isabelle Aupy

L'en-Bas

L'en-Bas est un monde où la terre n'est qu'un marécage piétiné par des bambous géants. Seuls les enfants agiles et légers peuvent arpenter la vase sans s'y enfoncer et y chasser au risque de périr écrasé.

Ils courent alors qu'à la nuit tombée où ils rejoignent les adultes sous les orées protectrices. Mais dans le cœur des frondaisons se cache une obscurité dont personne ne veut parler, d'où s'échappe le souffle de l'Ogre qui vient alimenter les histoires du soir comme le bois alimente les feux.

Aux adultes, le jour, de s'engouffrer dans la forêt pour combattre le monstre et de veiller chaque soir à ce qu'il ne puisse atteindre les enfants.

Mais qui aura le courage d'arracher aux ténèbres ce qu'elles renferment et faire naître l'espoir de ne plus nourrir l'Ogre ?

D'un côté comme de l'autre, plonger dans deux univers dissemblables et pourtant communs, deux sociétés miroir qui cohabitent sans le savoir et qui se répondent sans le comprendre.

Avec le soutien de la région Auvergne-Rhône-Alpes

#11
LES ÉCHASSIERS
Isabelle Aupy

L'en-Haut

L'en-Haut est un monde où les adultes marchent au-dessus de tout, traînant leurs échasses de plateforme en plateforme, tantôt cueilleurs d'eau ou pêcheurs d'oiseaux.

Voûtés à s'en déformer le corps, les marcheurs sont d'étranges solitaires qui s'enivrent de vertige, risquant leur vie au moindre déséquilibre.

Ils survivent tellement haut qu'ils ne savent plus vivre. Le regard toujours bas-devant, ils ferment les yeux sur ce que dissimulent les murs des plateformes, ce qui arrive aux inutiles, tous ceux incapables d'arpenter les nuages : enfant comme vieillards.

L'éclat d'un sourire suffira-t-il à rompre le silence et faire naître l'espoir d'une autre humanité ?

> *« Par quel miracle deux récits objectivement aussi durs, se transforment en souvenir lumineux et porteur d'espoir ? Ce miracle, c'est celui des mots d'Isabelle Aupy, de sa façon de manier de conter, de tisser l'histoire afin que tout soit dit mais que seul l'essentiel reste : chacun.e.s compte, chaque geste, chaque attention.*
>
> *C'est ma claque d'humanité, dans toute sa force, sa beauté et sa laideur ! »*

Librairie Au Librius - Voiron

Qu'est-ce qu'écrire ?

Voici la question fondamentale qui anime les éditions du Panseur,

La Rédactrice
premier roman de Michèle Cohen
nous donne accès à une expérience intime de l'écriture, il nous élance sur le chemin, il nous fait vivre les étapes, les réflexions et les actions d'une femme qui a gagné sa vie en écrivant pour les autres.

La prouesse de Michèle Cohen,
au travers d'une histoire de vie
portant une attention tout à fait remarquable
à l'humain
est de réussir à nous émerveiller
de l'écriture qui peuple notre quotidien.

Si admirer est formateur,
j'éprouve de l'admiration pour Michèle Cohen
et je pense avoir beaucoup appris grâce à elle.

Merci à Isabelle Aupy
pour sa relecture et ses conseils
lors du processus éditorial.

Les livres de ce premier tirage
sont imprimés par CPI Bussière,
à Saint-Amand-Montrond (France)
en janvier 2023,
sur du Munken Print White 80 g, main de 1,8
le tout sur 272 pages
au format 140 par 200 mm
broché avec une carte couchée Lumina 230 g.

L'ensemble est sublimé par le travail
d'Anne-Sophie Beylier
des ateliers graphiques Madmint.

Le premier tirage de ce livre bénéficie
d'une aide à la création éditoriale
de la région Auvergne-Rhône-Alpes
que nous remercions ici.

Nous remercions l'ensemble des libraires
qui ont accueilli et relayé cette publication.

Et merci à toi
qui tiens cette gourmandise entre les mains.

N° d'impression : 2069583